REGINAS RETTUNG

LEE SAVINO

KOSTENLOSES BUCH

Holen Sie sich Ihr kostenloses Exemplar von Die Schöne und die Holzfäller: https://geni.us/lumberjackfreebieGER

Nach dieser Holzfällerzeit werde ich nie wieder Sex haben. Weil: *Gründe.*

Aber zuerst habe ich einen Job, bei dem ich Unterkunft und Verpflegung und zehntausend Dollar verdiene, indem ich acht Holzfäller "unterhalte".

Acht kräftige und stämmige Paul-Bunyan-Typen, groß genug, um mich in zwei Teile zu zerlegen.

Da ist Lincoln, der Anführer, der strenge, stille Typ...

Jagger, der Kurt Cobain ähnlich sieht, mit einer Seele voller Musik und Rockstar-Moves...

Elon & Oren, rothaarige Zwillinge, die alles teilen...

Saint, das stille Genie mit einem Monster in der Hose...

Roy und Tommy, die nur zuschauen wollen...

Und Mason, der mich hasst und nicht sagen will, warum, aber in seiner Nacht versucht, mich mit Vergnügen zu brechen...

Sie besitzen mich: Körper, Geist und Orgasmen.

Aber als sie mein Geheimnis entdecken - den Grund, warum ich mich vor der Welt verstecke - ändert sich alles.

Klicken Sie hier, um Die Schöne und die Holzfäller kostenlos zu lesen.
https://geni.us/lumberjackfreebieGER

REGINAS RETTUNG

Eine Frau auf der falschen Seite des Gesetzes. Ein Sheriff, der ihre Unterwerfung verlangt.

Regina will eigentlich nicht stehlen. Aber nachdem sie ihren Job verloren hat, sieht sie keine andere Möglichkeit, die Rechnungen zu bezahlen. Ihr Raubzug endet, als sie von Cole Townsend gefasst wird, dem örtlichen Sheriff. Er ist heiß, er ist dominant. Und er hat beschlossen, Anspruch auf sie zu erheben. Dabei duldet er nichts Geringeres als bedingungslosen Gehorsam.

Nachdem er Regina übers Knie gelegt hat, stellt Cole ihr ein Ultimatum. Sie muss sich ihm entweder unterwerfen, oder sie wandert ins Gefängnis.

1

DAS AUTO ROLLTE AUS, und ich spähte durch die verregnete Windschutzscheibe. Zwischen uns und dem Parkplatz der Lagerhalle ragte ein hoher Maschendrahtzaun auf.

»Da ist es«, verkündete ich. Das Licht der Scheinwerfer bündelte sich auf dem Straßenpflaster und erhellte unser Ziel.

»Jackpot«, sagte mein Begleiter mit dem fettigen Haar. »Genau, wo du gesagt hast.«

»Natürlich«, erwiderte ich schnaubend. Ich war ein wenig betrunken. »Immerhin hab ich hier gearbeitet, seit ich sechzehn war.«

»Wie kriegen wir es raus? Über den Zaun klettern?«

»Nicht nötig. Das Schloss ist nur Zierde. Es funktioniert nicht.«

»Man sollte meinen, er würde auf mehr Sicherheit achten.«

»Mr. Roberts ist ein vertrauensseliger Typ.« Ich verspürte einen Anflug von Schuldgefühlen, als ich daran dachte, dass er früher auch mir vertraut hatte. »Komm mit.«

»Warte.« Mein Begleiter ... Benji? Barry? Ich hatte seinen

Namen vergessen. Jedenfalls hob er seinen Blunt an. Er nahm einen Zug davon, bevor er ihn mir anbot.

Naserümpfend ahmte ich ihn nach und saugte mir den süßen Rauch in die Lunge. Die Wirkung des Whiskeys ließ allmählich nach. Ein bisschen Marihuana würde den ärgsten Ekel vor mir selbst lindern. Wenn ich Glück hätte, würde es mich davon abhalten, darüber zu grübeln, warum ich überhaupt betrunken war und gerade high wurde. Warum ich zusammen mit einem Loser im Begriff war, meinen ehemaligen Arbeitgeber auszurauben. Es sollte eine Nacht der Premiere werden.

»Wird schon schiefgehen«, murmelte ich und stieg aus dem Auto. Der erste Rückschlag stellte sich ein, als ich ein funkelnagelneues Schloss samt Kette am Tor erblickte. Noch vor wenigen Stunden war beides nicht vorhanden gewesen.

»Was ist?« Mein Komplize saß nach wie vor im Auto.

»Ist doch abgesperrt«, rief ich zurück. »Ich klettere über den Zaun und sehe nach, ob ich einen Bolzenschneider oder so finde.«

Zuversichtlicher, als ich mich fühlte, wandte ich mich dem Zaun zu. Als ich die Finger in den Maschendraht hakte und dazu ansetzte, mich hochzuziehen, öffnete der Himmel seine Schleusen. Regen strömte herab, als wollte er mich warnen: *Das ist keine gute Idee.*

Bereits etwas mehr als einen halben Meter über dem Boden schwächelten meine Beine. Auf jenes letzte Glas hätte ich vielleicht verzichten sollen.

»He«, rief ich dem Kiffer hinter dem Steuer zu. »Hilfst du mir mal 'n bisschen?«

Hinter mir heulte eine Polizeisirene auf. Vor lauter Schreck hätte ich um ein Haar einen Herzinfarkt bekommen. Ich fiel vom Zaun und landete ausgestreckt auf dem Boden. Blaulicht erfasste mich zusammen mit dem Regen.

Mein Komplize legte den Rückwärtsgang ein und gab Gas. Die Türen des Fluchtfahrzeugs schwangen auf, als es mit quietschenden Reifen am Streifenwagen vorbeiraste.

»He, warte!« Ich rappelte mich auf und starrte in blinkende Lichter, als der Wagen des Sheriffs anrollte und mir den Fluchtweg abschnitt.

Mir blieb nichts anderes übrig, als stehen zu bleiben. Mit zusammengekniffenen Augen spähte ich den Scheinwerfern entgegen. Wahrscheinlich würde es sich um Officer Smith oder Officer Johnson handeln. Beide kannten mich noch aus meinen rebellischen Tagen einer frustrierten Teenagerin, die manchmal die Schule geschwänzt hatte. Ich konnte ihre grinsenden Gesichter schon beinah vor mir sehen.

»Was machst du hier, Regina?«, ertönte eine tiefe Stimme.

Oh nein. Nein, nein, nein.

Statt Schweinebacke Smith oder Furzarsch Johnson stieg Sheriff Townsend aus dem Fahrzeug.

Als Jugendliche hatte ich ihn immer nur als ernsten, strengen, kompromisslosen Regelfanatiker erlebt. Und er war mit den Jahren nicht lascher geworden. Nicht, dass er alt gewesen wäre – achtundzwanzig, nur sechs Jahre älter als ich. Also überhaupt nicht wirklich alt.

Mit achtzehn war er in die Akademie eingetreten und hatte sich durch die Ränge hochgearbeitet. Und wenngleich manche Leute meinten, er hätte die Wahl zum Sheriff durch Glück gewonnen, waren sich die meisten darin einig, dass er das Amt verdiente. Er arbeitete gewissenhaft und blieb immer bescheiden, obwohl er eine stille Kraft ausstrahlte.

Ach ja – und er war *heiß*. Der geilste Typ in drei Bezirken, vielleicht sogar mehr. An der Highschool hatte ich von Mädchen gehört, die zu schnell fuhren, nur um von ihm angehalten zu werden. Dann rief er die Eltern an, die ihn unweigerlich zu sich zum Abendessen einluden.

Seine zugleich sanfte und doch unerschütterliche Autorität brachte selbst die fürsorglichsten Väter dazu, ihm die Hand ihrer Tochter zur Ehe anbieten zu wollen. Der Mann war perfekt.

Verdammt.

Coles lange Beine trugen ihn bis auf wenige Schritte vor mich. Das Licht erhellte eine prächtige, bärenstarke Brust und Arme, die wahrscheinlich Smith und Johnson zugleich stemmen könnten. Dazu besaß er eine Taille, als hätte er noch nie im Leben einen Donut angerührt.

»Sheriff.« Ich wünschte, meine Jeans wäre nicht voller Schlamm und Kiefernnadeln. »Ist 'n schöner Abend für 'nen Spaziergang.«

»Du begehst gerade Hausfriedensbruch, Regina. Diese gesamte Straße ist Privateigentum.« Die Missbilligung in seiner Stimme ließ sich nicht überhören.

»Ich arbeite hier.«

»Nicht mehr. Mr. Roberts hat dich heute entlassen.«

Mein Mund klappte auf. Ich wusste, dass sich Klatsch in Kleinstädten schnell verbreitete – aber nicht so rasant. »Woher weißt du das?«

»Von Mr. Roberts.«

»Na ja ...« Ich verschränkte die Arme vor der Brust. Allerdings bekam ich es nicht ganz hin, weil mich mein Vorbau daran hinderte. »Hat er dir auch gesagt, dass er mir nicht mal 'nen Grund genannt hat?«

»Das muss er nicht. Ist in unserem Bundesstaat nicht vorgeschrieben.«

»Ich habe hier gearbeitet, seit ich sechzehn war!« Der Regen wurde noch heftiger, und mir wurde zähneknirschend bewusst, wie lächerlich es war, mit diesem Mann zu diskutieren. Er hatte mich auf frischer Tat ertappt. Bei jedem anderen Beamten würde ich wahrscheinlich mit dem Gesicht voraus im Schlamm liegen und meine Rechte verlesen bekommen.

»Steig ins Auto.«

»Nein.« Ich hatte offenbar wirklich den Verstand verloren. Mein Kopf neigte sich zurück, als sich Cole Townsend mit seinen über 1,80 Metern näherte. Schon als Jugendlicher war er groß gewesen. Und ernst. Ein netter Kerl, aber er musste sich keine Mühe geben, um gefährlich rüberzukommen. Niemand legte sich mit Sheriff Townsend an.

Außer mir.

Er hielt die Taschenlampe so, dass ich ihn nicht sehen konnte, leuchtete mir damit aber nicht direkt in die Augen. Schatten betonten seine glatt rasierte Kieferpartie. Das Gesicht selbst konnte ich nicht erkennen, doch ich wusste, dass er ernste grüne Augen und blondes Haar besaß, seit seiner Zeit als Ordnungshüter stets zu einem Bürstenschnitt gestutzt.

Durch und durch ein Leckerbissen.

»Ich hab meine Brieftasche vergessen, als ich gegangen bin. Muss mir aus der Handtasche gefallen sein. Und ich würde nie ohne Führerschein fahren. Deshalb hat der Typ vorhin mich mitgenommen. Wenn du mich jetzt entschuldigst ...« Damit drehte ich mich wieder dem Zaun zu und begann, ihn zu erklimmen. Na ja, zumindest versuchte ich es. Nur wollten meine Gliedmaßen nicht richtig funktionieren. Am Ende zog ich bloß am Zaun und ächzte frustriert.

Hitze traf mich in den Rücken, und ich erstarrte.

»Netter Versuch.« Cole hauchte mir buchstäblich ins Genick. Sein Arm schlang sich um mich und zog mir die Brieftasche vorn aus der Jeans.

»Aber hallo, Sheriff Townsend«, säuselte ich und bemühte mich, cool zu bleiben, obwohl es in meinem Slip kribbelte. »Spüre ich da 'ne Knarre, oder freust du dich bloß so, mich zu sehen?«

»Es ist eine Knarre.« Er zog mich zu sich, weg vom Zaun, und drehte mich zu sich herum. »Wie viel hast du intus?«

Ich hob zwei Finger und kicherte.

»Das kauf ich dir nicht ab. Damit wärst du nicht so drauf.«

Ich hielt fünf Finger hoch.

Missbilligend schüttelte er den Kopf.

»Ach, jetzt hör aber auf, Sheriff. Hast du dich noch nie betrunken und ein bisschen über die Stränge geschlagen?«

»Nein.« Er zog mich zum Auto. Bereitwillig ließ ich es zu, bis ich mich meines Plans besann, Widerstand zu leisten.

»Du bist halt wirklich perfekt.«

»Bin ich nicht.«

»Ach ja?« Ich zog die Hand aus seiner. »Sag mir nur eine Sache, die du gemacht hast und durch die du Ärger kriegen würdest, wenn jemand davon wüsste.«

»Ich bin gerade dabei, so was zu tun.«

Bei seinem düsteren Ton schossen meine Augenbrauen hoch. Beinah scheute ich mich davor, zu fragen.

Beinah. »Was meinst du?«

Doch Mr. Perfect war nicht in der Stimmung zum Reden. Er bückte sich, warf mich über seine Schulter und trug mich den restlichen Weg zum Auto, während ich protestierte. Sein Arm umklammerte die Rückseite meiner Schenkel. Ich fühlte mich berauschter als nach dem Joint vorhin. Verkehrt herum hatte ich eine interessante Aussicht auf seinen straffen Sheriff-Knackarsch.

Schließlich stellte er mich auf den Boden und öffnete die Autotür. »Einsteigen.«

Ich rührte mich nicht von der Stelle.

»Regina, ich sag's dir nicht noch mal.«

Ein paar Regentropfen spritzten auf mich. »Na schön«,

lenkte ich ein. »Aber nur, weil ich sowieso 'ne Mitfahrgelegenheit brauche.«

Er warf noch einmal einen prüfenden Blick durch die Gegend, bevor er einstieg und langsam die dunkle Privatstraße entlangfuhr.

Trotz allem, was sich ereignet hatte, fühlte ich mich berauscht. Ich saß mit Cole Townsend in einem Auto! Freudig wippte ich auf dem Sitz und bemühte mich, nicht wie eine Idiotin zu kichern.

»Willst du mir verraten, warum du unbefugt das Gelände deines ehemaligen Arbeitgebers betreten hast?«

»Nein.«

»Regina.«

»Warum nennst du mich so? Alle anderen sagen Gina zu mir.«

»Regina ist dein vollständiger Name. Der gefällt mir besser.«

»Mir auch. Er bedeutet ›Königin‹. Deiner bedeutet ›schwarzer Stein, der aus dem Boden kommt‹.« Ich drückte das Gesicht an das Gitter zwischen ihm und mir. Der Tachometer zeigte fünfundzwanzig Kilometer pro Stunde an. Wir befanden uns auf einer Privatstraße, trotzdem hielt er sich an die Geschwindigkeitsbegrenzung. »Können wir schneller fahren? Ich will die Sirene hören.«

»Nein.«

»Spielverderber.«

»Ich glaube, du nimmst die Sache nicht so ernst, wie du solltest.«

»Warum hast du nicht einfach gesagt, dass du mich für dich allein haben willst?« Ich blies ihm in den Nacken und beobachtete fasziniert, wie sein Körper erstarrte. »Du kannst mir jederzeit Handschellen anlegen. Ich wette, das sagen alle Frauen zu dir.«

»Ruhe.«

Ich war zwar nicht ganz unattraktiv, aber dieser Mann spielte in einer anderen Liga. Wäre ich nicht so beschwipst gewesen, hätte ich nie gewagt, mich so aufzuführen. »Tust du mir was Gutes, tu ich dir was Gutes«, säuselte ich. »Wenn du verstehst, was ich meine ...«

Schlingernd kam das Auto zum Stehen, und Cole stieg aus. Plötzlich nervös, hielt ich die Klappe. Vor Überraschung entfuhr mir ein spitzer Laut, als er meine Tür aufriss und mich nach draußen zerrte.

Die Nacht wirkte dunkler und kälter, als er über mir aufragte.

»Lass mich das klarstellen«, presste er zähneknirschend hervor. »Du bietest mir sexuelle Gefälligkeiten an, damit ich bei dir ein Auge zudrücke?«

Ich schluckte, konnte es allerdings nicht gut leugnen. Noch hatte mich Cole nicht wegen eines Verbrechens angeklagt. Aber wenn ich mich aus Schwierigkeiten herauswinden könnte, indem ich auf die Knie ging, müsste und würde ich es tun.

»Antworte mir.« In der Dunkelheit klang seine Stimme schärfer.

»Ja.«

Er packte mich an den Hüften und zog mich näher. Ohne ein weiteres Wort öffnete er den obersten Knopf meiner Jeans.

Mein Magen krampfte sich zusammen. »Bitte«, stieß ich hervor, denn ich hatte mir diesen Moment mit Cole Townsend zwar schon viele, viele Male vorgestellt – aber nie so. Das fühlte sich falsch an.

Er hörte auf.

Ich dachte daran, was aus meiner Mutter würde, wenn ich ins Gefängnis wanderte, und schüttelte den Kopf. »Ver... Vergiss es.«

»Umdrehen und die Hände auf den Kofferraum.«

Mit einem leicht flauen Gefühl im Magen gehorchte ich. Er fuhr mit den Händen über meinen Rücken, bevor er mir die Jeans runterzog. Sofort wurde ich feucht. Ich war scharf auf ihn.

Trotzdem fühlte es sich immer noch billig an.

Cole drückte mich tiefer, bis ich fast den Kofferraum küsste. Mit zu ihm weisenden Hintern spreizte ich die Beine, so weit es mit der Jeans um die Schenkel ging. In stummer Unterwerfung wartete ich und sagte mir, dass es wenigstens Cole statt irgendeines anderen bescheuerten Officers war.

Es regnete immer noch. Ich starrte auf die Wassertropfen am Kofferraum des Autos.

Klatsch! Etwas traf meinen von einem Slip verhüllten Hintern so wuchtig, dass ich vorwärtsgeschoben wurde. Mein Körper zuckte erschrocken zusammen.

Cole ließ eine Abfolge weiterer Schläge auf meinen Allerwertesten folgen, während ich vornübergebeugt verharrte, zu perplex, um aufzuschreien. Dann erwischte seine Handfläche die nackte Haut unterhalb des Slips. Das Brennen durchdrang den Dunst von Alkohol und Gras. Ich schnappte nach Luft, bäumte mich auf und versuchte, zu entkommen.

Er legte mir die Hand in den Nacken, drückte mich wieder runter und machte weiter.

»Cole! Das tut weh.«

»Gut.« Unter der nächsten Salve von Hieben wand ich mich. Allerdings brachten mich nicht nur die Schmerzen zum Lodern, die seine flache Hand verursachte. Ich war mit zweiundzwanzig Jahren eine erwachsene Frau, stand über das Heck eines Streifenwagens gebeugt und wurde versohlt wie ein unartiges kleines Mädchen.

Mein Innenleben kribbelte.

Er hielt kurz inne und zog mir auch noch den Slip

runter. Mir stockte der Atem, da ich damit rechnete, dass er mich nehmen würde. Aber nein – es sauste nur wieder seine Hand herab und ließ mich unter einer Flut von Schlägen aufschreien. Jeder fühlte sich härter an als der davor. Als ich mich ihm zu entwinden versuchten, verstärkte er den Griff um meinen Nacken und hielt mich still. Dass ich mich nicht rühren konnte, verschlimmerte die Schmerzen irgendwie. Meine Pobacken würden bald rot glühen, und ich konnte mich nicht befreien.

Falls das ein Revival der Prügelstrafe werden sollte, gefiel es mir gar nicht. Lieber wollte ich ins Gefängnis.

Er versohlte mich unbeirrt weiter und fügte mit leiser, strenger Stimme eine Belehrung hinzu.

»Du steckst in großen Schwierigkeiten. Also wirst du tun, was ich sage, und die Klappe halten. Und du wirst nie wieder einem Gesetzeshüter einen unsittlichen Vorschlag unterbreiten. Nie, nie wieder.« An der Stelle sauste seine Hand besonders hart herab.

»Okay, okay«, brüllte ich gellend.

»Ich mein's ernst, Regina. Falls du je erneut auf der Rückbank eines Streifenwagens landest, sprichst du in höflichem Ton und bringst weder den Beamten noch dich selbst in Verlegenheit, indem du sexuelle Gefälligkeiten anbietest. Versprichst du es?«

»Ja, ich versprech's!« Gottverdammt. Ich war nass, ich fror, und mein Hintern brannte wie Feuer. Seine Hände schienen aus Beton zu sein. »Nur hör auf. Du tust mir weh!«

»Ich würde dir niemals wehtun«, entgegnete er, verwehrte sich jedoch nicht gegen das Du-Wort.

Ich wimmerte, als seine flache Hand eine Pobacke traf und die Schmerzen durch meinen ohnehin bereits wunden Hintern blitzten. »Wie nennst du das dann?«

»Einen Weckruf.«

Sheriff Sadist klatschte mich auf die Pobacke. Die Wucht

seiner Handfläche vertrieb jede noch verbliebene Benommenheit von dem Gras oder Fusel. Dann hörte er auf.

Ich hielt den Atem an und hoffte, dass es vorbei war. Als Cole mich erneut berührte, streichelte er meinen Hintern sanft.

»Alles in Ordnung?« Hörte ich einen Hauch Besorgnis in seiner Stimme?

Verzweifelt nickte ich und hoffte, er würde die Hand nicht weiter nach unten wandern lassen und herausfinden, wie gut es mir ging. Mein gesamter Körper kribbelte, und nicht nur vor Schmerzen. Das Brennen hatte etwas Tieferes erweckt. Keine bloße Erregung, obwohl ich auch die als schwaches Ziehen zwischen den Beinen verspürte. Er hätte mir alles auftragen können, und ich hätte es getan, ohne Fragen zu stellen.

Das jagte mich mehr Angst ein als alles andere.

»Gut.« Seine Stimme verhärtete sich. »Du tust, was ich sage, und du riskierst keine dicke Lippe mehr.« Zur Betonung kniff er mich in eine sengende Pobacke, und ich richtete mich auf die Zehenspitzen auf. »Verstanden?«

Ich sackte gegen das Auto und schnappte nach Luft.

»Die richtige Antwort lautet: *Ja, Sir*«, half er mir auf die Sprünge.

»Ja, Sir.« Ich fühlte mich wie benommen. Cole Townsend hatte mir den Hintern versohlt. Ich konnte es kaum glauben.

Aber mein brennender Podex bewies es.

»Jetzt steigen wir wieder ins Auto. Wir klären diesen Schlamassel heute Nacht noch auf die eine oder andere Weise.« Damit zog er mir den Slip hoch und half mir auf. Wie konnten Hände, die so viel Schmerz verursachten, zugleich so sanft sein?

Als ich die Jeans hochziehen wollte, packte er mich am Arm.

»Lass sie unten.« Seine Stimme peitschte wie ein Schuss.

Trotz der kühlen Nachtluft wurde mein Gesicht heiß. Wir befanden uns auf einer Privatstraße, umgeben von einem Kiefernwald, trotzdem saß die Demütigung tief. Mit den Jeans um die Knie stolperte ich zurück zum Auto. Mein Zuchtmeister folgte mir. Er half mir beim Einsteigen, dann hielt er inne. Blinzelnd schaute ich zu ihm auf. Ich musste wohl verängstigt gewirkt haben, denn er strich mir sanft das Haar zurück.

»Das wird schon wieder«, sagte er.

Ich verlagerte auf dem Sitz das Gewicht und wimmerte.

»Bringen wir dich nach Hause.«

2

WÄHREND DER FAHRT wetzte ich auf dem heißen Hintern und fragte mich, was zum Teufel gerade passiert war. Wieder mal hatte ich mir Ärger eingebrockt. Wieder mal war mir Cole zu Hilfe gekommen.

Gut, er hatte mir den Hintern versohlt, aber daran durfte ich nicht denken. Mein bekifftes Hirn konnte es nicht recht verarbeiten.

Ein Teil von mir wusste, dass ich es verdient hatte.

Cole schwieg, ließ mich in Gedanken schmoren, während wir durch die Nacht rollten. Ich drückte die Stirn an die kalte Seitenscheibe und schloss die Augen.

Seit meiner Ankunft in unserer Kleinstadt hatte ich auszubrechen versucht. Meine Eltern waren wegen des Fabrikjobs meines Vaters hergezogen, den er ohnehin verlieren sollte, als er wieder zu trinken angefangen hatte. Ich war damals sechs und das vielleicht abgebrühteste Kind aller Zeiten. Aus irgendeinem Grund fühlte sich unsere neue Nachbarin bemüßigt, mich mit in die Sonntagsschule zu schleifen.

Im Unterricht ging es um Noahs Arche. Eine Schülerin, ein kleines blondes Mädchen in meinem Alter, wollte von der Lehrerin wissen, was die Tiere in all den Monaten auf dem Boot gefressen hatten.

»Wahrscheinlich Häschen«, meldete ich mich laut zu Wort. »Die kriegen haufenweise Junge. Weil sie ständig am Rammeln sind.«

Einen Moment lang errötete die Lehrerin heftig. »Cole«, rief sie dann einen älteren Jungen auf, der kerzengerade saß und einen perfekt gebügelten Anzug trug. »Würdest du dich zu Regina setzen und ihr beim Eingewöhnen helfen? Sie ist eben erst hergezogen.«

Der blonde Junge nickte, wirkte dabei zugleich höflich und streng, obwohl er nicht älter als zwölf sein konnte. Er kam und setzte sich neben mich. Ich bemühte mich, nicht allzu erfreut darüber zu wirken. Die Augen der Kleinen, von der die Frage gekommen war, feuerten Dolche auf mich ab. Ich streckte ihr die Zunge raus und kuschelte mich an meinen hübschen neuen Babysitter.

»Hallo, ich bin Cole«, stellte er sich vor. »Willkommen in Licking Hole.«

Ich kicherte. »Das heißt wörtlich Leckloch. Und weißt du auch, was das bedeutet?«

»Ja.« Er heftete einen skeptischen Blick auf mich. »Wirklich?«

Ich musterte ihn einen Moment lang. Cole war bereits im Alter von zwölf Jahren ein Traum. Sauber und ernst, kein Fitzelchen Schmutz an ihm. Ich trug ein knappes Kleid ohne Strumpfhose. Der Rock hatte an einer Stelle einen Riss und Schmutzflecken, weil ich ihn in der Autotür eingeklemmt hatte. Obwohl ich so widerlich zerzaust aussah, wollte ich unbedingt diesen älteren Jungen beeindrucken. Als ich angekündigt hatte, wohin ich ziehen würde, hatten die größeren Kinder im Wohnwagenpark mir haargenau erklärt, was der Name meiner künftigen Stadt bedeuten konnte. Zwar hatte ich ihnen nicht ganz geglaubt, aber wenn ich dadurch Eindruck bei diesem gutaussehenden Burschen schinden könnte, war ich bereit, damit herauszurücken.

»Ja, ehrlich«, beteuerte ich. »Aber du nicht, würde ich wetten.«

»Als Leckloch wird eine Stelle bezeichnet, an der Jäger Salz platzieren, um Wild anzulocken, damit sie es erlegen können. Das bedeutet es.«

»Nein, stimmt nicht«, widersprach ich. »So nennt man's, wenn der Mann die Zunge …«

»Regina?«, unterbrach mich die Lehrerin, ohne etwas von Coles und meinem Gesprächsthema zu ahnen. »Möchtest du der Klasse sagen, wo du wohnst?«

»Nein«, antwortete ich, gab aber nach weiterer Ermutigung nach. »Im Shady Park.«

»Das ist ein Wohnwagenpark!« Das Mädchen mit den blonden Locken kicherte.

Meine Wangen wurden heiß.

»Richtig, Lucy«, lobte die Lehrerin, ohne mitzubekommen, welche Ausgrenzung sich gerade vollzog. Lucy wartete, bis die Frau ihr den Rücken zukehrte, ehe sie mir die Zunge herausstreckte.

Ich wartete meinerseits, bis wir in der Schlange standen, um zum Gottesdienst zu gehen, bevor ich an ihren perfekten Locken zog.

Lucy heulte auf.

Als ich die Flucht antreten wollte, zog mich jemand zurück. Der große, adrette Cole Townsend hielt meinen Arm mit eisernem Griff.

»Lass los«, verlangte ich, obwohl mir die Aufmerksamkeit gefiel.

»Ich soll auf dich aufpassen«, erwiderte er in äußerst ernstem Ton und ergriff meine Hand.

Er umklammerte sie den gesamten Gottesdienst

hindurch und ließ sie nur los, um bei Liedern das Gesangbuch zwischen uns zu halten. Dabei zeigte er auf den Text. Anschließend eskortierte er mich zurück in den Gemeinschaftssaal, besorgte mir Limonade und Kekse und führte mich zur Toilette. Dort wartete er vor der Tür auf mich, bis ich fertig war, danach vergewisserte er sich, dass ich mir die Hände gewaschen hatte.

Am Ende war ich verliebt.

Dann jedoch wurde es Mittag, und die Nachbarin kam, um mich zurück in den Wohnwagenpark mitzunehmen. Sie brachte mich nie wieder zur Kirche. Als ich allein hinzugehen versuchte, verirrte ich mich. Ma und Pa fanden mich, und ich bekam bis zum Schulbeginn Hausarrest. Durch den Sommer schaffte ich es, indem ich von dem blonden Jungen im Anzug träumte, der mehr Erhabenheit und Haltung als ein Politiker ausstrahlte. Ich konnte es kaum erwarten, dass die Schule anfing – und musste dann erfahren, dass Cole sechs Jahre älter war als ich. Dafür stellte sich heraus, dass Lucy in meinem Alter war. Die kleine blonde Hexe lauerte nur darauf, mich am Haar zu ziehen.

Obwohl wir in einer Kleinstadt lebten, hatte ich Cole damals selten zu Gesicht bekommen. Wir hatten uns in unterschiedlichen Kreisen bewegt. Jedes Mal, wenn sich die Gelegenheit ergeben hatte, ihn zu sehen, hatte mein Herz vor Aufregung schneller geschlagen. Und jedes Mal hatte sich der Abstand zwischen uns zu einer Kluft verbreitert.

Mittlerweile war er Sheriff, und ich saß hinten in einem Streifenwagen, wo jemand aus einem Wohnwagenpark hingehörte. Mein Leben war gelaufen. Abgesehen von meinen brennenden Hinterbacken verspürte ich Erleichterung.

Der Wagen hielt an. Ich schlug die Augen auf, rechnete halb mit dem Anblick des kleinen Reviers an der Hauptstraße. Ungeachtet des schrägen Namens war Licking Hole eine malerische Kleinstadt mit genug Mitteln, um sich eine wunderschöne Bibliothek aus Backstein, ein weißes Gerichtsgebäude mit Säulen und ein Büro des Sheriffs zu leisten.

Ich hatte nicht erwartet, stattdessen ein kleines, gemauertes Farmhaus mit gepflegtem Rasen zu sehen. Cole hatte mich tatsächlich nach Hause gebracht, allerdings nicht zum Wohnwagen meiner Mutter. Obwohl ich diesen Ort bisher nur wenige Male gesehen hatte, wusste ich genau, wo ich mich befand.

Bei Cole zu Hause.

3

ICH SETZTE mich aufrechter hin und vergaß meinen lodernden Allerwertesten.

»Was hast du vor? Sollten wir nicht beim Revier sein?«

»Ich wollte einen ruhigen Ort. Wir werden plaudern.«

Noch nie hatte ich das Wort »plaudern« als so unheilvoll empfunden. Mein Hintern brannte unverändert. Unbehaglich verlagerte ich das Gewicht, und er teilte mir mit, dass ich die Jeans hochziehen durfte.

Na, schönen Dank auch. Ich verkniff es mir, die Worte auszusprechen, als er ausstieg und die Tür für mich öffnete.

Was ging nur vor sich? Warum war ich bei ihm zu Hause? Ich hatte noch nicht einmal verarbeitet, dass er mir den Hintern versohlt hatte.

Als ich zögerte, befahl er mir, auszusteigen.

»Ja, Sir«, sagte ich mit gerade genug Sarkasmus, um mir meinen Stolz zu bewahren. Aber als ich vom Sitz rutschte, knickten meine Beine ein, und ich wäre gefallen, wenn er mich nicht aufgefangen hätte.

»Sachte.« Was ich mir in dieser Nacht an Alkohol und Hasch reingezogen hatte, forderte seinen Tribut und ließ mich schwach zurück. Ich fühlte mich benebelt und brauchte dringend etwas zu essen.

Coles harten, muskulösen Arm um meine Mitte empfand ich als unheimlich angenehm. Ich lehnte mich bis zur Tür an ihn. Als er den Arm entfernte, um aufzuschließen, widerstrebte es mir sofort, seine warme Unterstützung zu verlieren. Der Gedanke ließ mich zickig werden.

»Wie jetzt, verriegelt? Hast du etwa Angst vor großen, bösen Verbrechern?«

»Keine Angst. Das ist nur klug. Ich weiß, was für Monster frei herumlaufen.«

»Und ich nicht?«

»Du bist zu einem ins Auto gestiegen.«

»Benny? Der ist harmlos.«

»Benny habe ich nicht gemeint.«

Sein düsterer Ton sorgte dafür, dass ich mir die nächsten Augenblicke lang meine Kommentare verkniff.

Er führte mich zu einer Bank am Eingang und forderte mich auf, mich zu setzen. Zu meiner Überraschung kniete er sich hin und zog mir die Schuhe aus. Seine Nähe ließ mich erröten, also begutachtete ich sein Haus, um mich abzulenken. Zurückversetztes Wohnzimmer mit Sofas und Fernseher. Der Teppich sah neu aus. Dasselbe galt für die Parkettböden. Alles sauber, wenn auch ein wenig karg eingerichtet.

»Hübsch hier«, sagte ich.

»Danke.«

Er hatte das Haus gekauft, als ich am College war. Cole war schon immer ernst und seiner Zeit voraus gewesen. Rettungsschwimmer mit fünfzehn. Polizeiakademie mit achtzehn. Vor dem dreißigsten Geburtstag zum Sheriff gewählt.

Das Haus gehörte wahrscheinlich mit zum Plan. Ein

weißer Lattenzaun, eine Ehefrau und zwei Komma fünf Kinder standen vermutlich als Nächstes auf seiner Liste.

Während ich die umwerfenden Parkettböden betrachtete, fühlte ich mich plötzlich fehl am Platz.

»Du hast mir immer noch nicht gesagt, warum ich hier bin.«

Er stand auf und ließ den Blick auf mich gerichtet, während er die Marke und den Gürtel abnahm. Beim Anblick seiner Waffe hätte ich um ein Haar nach Luft geschnappt.

»Machen wir dich erst mal sauber.« Er drehte sich auf nackten Füßen um.

Ich rührte mich nicht. Nach wenigen Schritten bemerkte er, dass ich ihm nicht folgte. »Regina, komm mit.«

»Bringst du alle Übeltäter hierher?«

»Ich bin nicht im Dienst. Und du bist keine Täterin.«

Doch, war ich. Er wusste noch nicht mal, wie sehr. »Was mache ich dann hier?«

Als er die Besorgnis in meinem Gesicht bemerkte, seufzte er und deutete auf die Couch. »Setz dich.« Auch ohne Abzeichen und mit nackten Füßen strahlte er Autorität aus. Unter anderen Umständen hätte ich den Ernst in seinen haselnussbraunen Augen gern herausgefordert.

»Regina«, sagte er mit warnendem Unterton.

Ich schluckte zwar, rührte mich aber nicht von der Stelle. »Ich stehe lieber. Liest du mir jetzt meine Rechte vor?«

»Willst du das denn?«

»Was wird das hier, Cole?«

»Sheriff Townsend.«

»Jacke wie Hose. Ich kenne dich schon mein Leben lang«, gab ich zurück.

»Deshalb bist du hier. Setz dich, Regina.« Kaum hatte ich es getan, bereute ich es, als er über mir aufragte wie ein strenger Lehrer mit der Absicht, ein ungezogenes Schulmädchen zu bestrafen. Der Sheriff und die Unruhestifterin.

»Du steckst tief in der Tinte.«

Ich nickte. Das konnte ich nicht abstreiten.

»Du betrinkst dich, verlässt die Kneipe mit Benny, der ein ellenlanges Vorstrafenregister hat, betrittst widerrechtlich ein Privatgrundstück ...«

»Sich zu betrinken, ist kein Verbrechen.« Dasselbe galt dafür, dass ich die Kneipe mit Benny verlassen hatte, ob er nun ein Vorstrafenregister hatte oder nicht. Ich fragte mich, warum Cole es in die Liste meiner Sünden aufgenommen hatte.

Wenigstens hatte er das mit dem Gras nicht herausgefunden.

»Dann hätten wir noch das hier.« Er ließ das Tütchen mit Hasch vor meinem Gesicht baumeln. Benny musste es bei seiner Flucht aus dem Auto geworfen haben. Oder er hatte es in seiner Hast einfach fallen gelassen. Typisch für mein Glück.

»Das gehört Benny.«

Er starrte mich nur weiter finster an. Innerlich wand ich mich.

»Ich hab bloß zur Nervenberuhigung ein paar Mal an dem Joint gezogen. Hab ich vorher noch nie gemacht.«

»Noch nie?«

Ich zögerte.

»Steh auf.« Sein peitschenartiger Ton ließ mich vor Schreck aufspringen. Er drehte mich herum und beugte mich vor.

Oh nein. Nicht schon wieder.

Cole versetzte mir durch die Jeans einen harten Schlag.

»Aua.« Es überstieg meinen Verstand, wie es ihm gelang, selbst durch den dicken Stoff stechende Schmerzen zu verursachen. Vielleicht, weil mein Hintern noch von der vorherigen Tracht Prügel wund war.

»Das gibt es für Lügen. Setz dich wieder.«

»Ich will nicht«, entgegnete ich schmollend und rieb mir den Po. Schließlich jedoch gehorchte ich trotzdem und zuckte dabei leicht zusammen. Allmählich begriff ich, dass man mit Ungehorsam nichts bei ihm erreichte. Er hatte mehr als deutlich bewiesen, dass er bereit war, mich kräftig zu versohlen.

»Ab jetzt sagst du die Wahrheit, sonst wirst du's bitter bereuen. Wie viel davon hattest du bei dir?«

»Nur das.« Ich beharrte nicht erneut darauf, dass es Benny gehörte, da ich vermutete, dass Cole nur meine Beteiligung daran interessierte. Er schien ziemlich konzentriert auf mich zu sein – *nur* auf mich.

»Hast du zum ersten Mal Gras geraucht?«

»Das dritte oder vierte Mal«, gestand ich. »Davor ausschließlich am College.«

Sein Zorn legte sich ein wenig. »Wolltest du es verkaufen?«

Als mir bereits eine Antwort auf der Zunge lag, zögerte ich. Er hatte mich davor gewarnt, zu lügen.

»Gespielt habe ich mit dem Gedanken, ja«, gab ich vollkommen ehrlich zu. »Ich brauche Kohle.«

»Wenn ich herausfinde, dass du mich belügst …«

»Cole, ich schwöre, ich habe nur daran gedacht. Benny hat davon angefangen, damit zu dealen, und ich hab entschieden, dass es nicht richtig wäre. Ich war nur deshalb mit ihm ins Auto gestiegen, weil ich in der Kneipe ziemlich beschwipst war. Glaub mir, das kommt nie wieder vor. Und falls das irgendeine List sein soll, ich bin gern bereit, über Bennys Verkaufsabsicht auszusagen, wenn du das willst.«

Nach meinem Wortschwall entspannte sich Cole so sehr, dass er wie ein völlig anderer Mensch wirkte. Er setzte sich neben mich auf die Couch, als wäre ich eine Freundin, keine Verdächtige. Mich überkam eine so intensive Erleichterung, dass ich unwillkürlich die Tiefe meiner Gefühle für den Sheriff infrage stellte. Vielleicht hatte ich meine Schwärmerei aus der Schule für ihn nie überwunden.

»Es ist keine List. Wir wissen, dass sich Benny Gras mit der Absicht beschafft, damit zu dealen. Ich hatte bloß Angst, du könntest darin verstrickt sein. Du solltest dich von Benny und den Leuten fernhalten, mit denen er Umgang hat.«

»Tja, mach dir da mal keine Sorgen. Der Typ ist widerlich.«

Cole nickte und wirkte erfreut. Ich fühlte mich verwirrter denn je zuvor.

»Was soll das alles eigentlich? Ist das eine neue Verhörform? So was wie deine persönliche Version von guter Bulle, böser Bulle? Strenger Cop und ... sadistischer, Hintern versohlender Cop?«

Beinah lächelte er. Beinah. Was in Ordnung war, weil ich gar nicht versuchte, witzig zu sein. »Zum Hinternversohlen hab ich mich hinreißen lassen.«

»Ja, was sollte das? Das war mir ganz schön unheimlich.« Ich verlagerte auf dem Sitz das Gewicht und presste die Beine zusammen. Tatsächlich war es mir nicht nur unheimlich gewesen. Es hatte mich verängstigt und zugleich erregt. Eigentlich hatte ich vor allem die Erregung als unheimlich empfunden.

Sein kurzer Blick auf meine Beine verriet mir, dass ihm die Bewegung nicht entgangen war.

»Du warst provokant, und ich wollte deine volle Aufmerksamkeit. Ich konnte nicht zulassen, dass du so was noch mal machst.«

»Du meinst klugscheißen?«

»Ich meine, einem Cop ein unsittliches Angebot unterbreiten.«

»Ich wusste nicht, dass so was ein derart schlimmes Verbrechen ist.«

»Das ist es aber, weil einige es annehmen würden. Und das kann ich nicht dulden.«

»Wenn du deinen Männern nicht vertraust, musst du es nicht an mir auslassen. Versohlst du eigentlich alle, die versuchen, einen Cop zu bestechen?«

»Nein. Nur dich.«

Das Wissen, dass er mich als Einzige so behandelte, erfüllte mich mit einer perversen Freude.

»Und es ist nicht so, dass meine Männer korrupt wären. Sie sind größtenteils anständige Kerle. Nur wärst du mehr als eine kleine Versuchung.«

Darüber blinzelte ich.

Er wirkte zufrieden über meine Überraschung. Als er sich zu mir beugte, streifte sein Arm den meinen. »Du wirst also verstehen, dass ich ein solches Verhalten im Keim ersticken musste.« Sein Tonfall wurde milder. »Hab ich dir Angst eingejagt?«

»Ne, nicht wirklich. Na ja, vielleicht am Anfang. Aber ein paar Klapse auf den Hintern haben noch niemandem geschadet.«

Um seine Augen bildeten sich feine Fältchen, und mein Slip gab die Hoffnung auf, je wieder zu trocknen. Eigentlich hatte ich damit nicht flirten gewollt. Aber da er es so auffasste, durchströmte mich eine unverhoffte Wärme.

Ich leckte mir die Lippen, und er heftete den Blick auf meinen Mund. Mich überkam derart heftige Erregung, dass mir schwindlig wurde.

Oh mein Gott, hatten wir gerade einen besonderen Moment?

Ich erschauderte, und meine Nippel richteten sich auf.

»Tatsache ist«, sagte er, »dass ich dich anklagen könnte. Aber ich würde das lieber anders regeln. Persönlicher.«

Wovon redeten wir gerade? Ach ja, richtig. Meine Vergehen.

»Soll mir recht sein.« Die Vorstellung, dass sich Cole persönlich darum kümmern wollte, gefiel mir.

»Du wirst vielleicht nicht zustimmen, wenn du erfährst, was damit einhergeht. Wenn ich sage, du steckst tief in der Tinte, dann meine ich das ernst, Regina. Und nicht nur wegen der Dummheit, die du heute Abend abgezogen hast.«

Ein Teil von mir verspürte Erleichterung, dass er offenbar schon darüber Bescheid wusste, wie ich bereits vor meiner Entlassung gegen das Gesetz verstoßen hatte. Diesen haselnussbraunen Augen entging nichts. Seine Wimpern waren lang wie die einer Frau und dunkelbraun wie Schokolade. Lecker.

Und nun bekam ich Hunger.

»Regina, Konzentration. Wie viel?«

»Was?« Mir war die Frage entgangen.

»Wie viel Geld brauchst du?«

Alle Wärme entwich aus meinem Körper. Ich setzte mich aufrechter hin, sämtliche Muskeln abrupt steif. Cole legte mir die Hand aufs Knie, aber die ermutigende Berührung reichte nicht, um mich zu beruhigen.

»Keine Ahnung. Viel.«

Einzugestehen, dass ich Geld brauchte, fand ich demütigender als den Umstand, dass mir mein lebenslanger Schwarm den nackten Hintern versohlt und mich gezwungen hatte, mit der Jeans um die Beine zum Auto zu wanken.

»Wie lange ist deine Mutter schon krank?«

»Eine ganze Weile«, flüsterte ich.

Er nickte. »Okay.«

»Okay? Einfach okay? Das ist es überhaupt nicht, Cole.« Mühsam löste ich den Blick von seinen traumhaften Augen. Wieso saß ich in diesem Haus neben diesem perfekten

Mann? Jede andere Frau würde glatt töten, um meinen Platz einzunehmen. Natürlich würden andere hier sein, weil er sie zu einem schicken Date ausgeführt und danach zu einem Schlummertrunk eingeladen hätte. Er würde ihnen die Hand auf aus Knie legen, und das wäre erst der Anfang ...

Mein Magen krampfte sich zusammen. Ich verdiente es nicht, mit diesem Goldjungen auf der gleichen Couch zu sitzen. »Du solltest mich einfach anklagen«, murmelte ich.

»Das werde ich nicht. Konsequenzen entkommst du zwar nicht, aber statt vor dem Gesetz musst du dich vor mir verantworten.«

Der Gedanke, mich vor Sheriff Sadist und seiner Hand aus Eisen zu verantworten, brachte mich zum Schaudern. Und nicht vor Angst. Das Kribbeln in meinem Slip hatte zugenommen und breitete sich allmählich über meinen gesamten Körper aus, wann immer er mich berührte. Das hatte ich sogar erlebt, als er mich versohlt hatte.

Vor allem, als er mich versohlt hatte. Ich musste weg, bevor ich noch den Verstand verlöre.

»Sheriff Cole beugt die Regeln? Klingt so gar nicht nach dir. Du kannst nicht einfach rumlaufen und für jeden das Gesetz verbiegen.« Ich wagte einen Blick auf sein atemberaubendes Profil. Zu meiner Überraschung sah er mich direkt an.

»Du bist nicht jeder.«

Der Ausdruck in seinem Gesicht verschlug mir den Atem. Zwar immer noch streng und intensiv, aber die Wärme in seinen haselnussbraunen Augen wurde sichtlich heißer. Einerseits fühlte es sich herrlich an, von Cole Townsend so angesehen zu werden, andererseits nicht richtig.

»Bitte klag mich einfach an«, sagte ich leise. »Ich verdiene keine Sonderbehandlung. Du bist der Sheriff der Stadt, und ich bin bloß eine Straftäterin.«

»Bist du nicht.«

Ich hob die Hand und zählte meine Vergehen an den Fingern ab. »Besitz einer illegalen Substanz, Hausfriedensbruch, versuchter Einbruch, beabsichtigter Diebst...«

»Was wolltest du denn mitnehmen?«

»Altmetall. Es liegt dort nur rum und ... früher hat Mr. Roberts es mir immer überlassen. Er hat gemeint, es zu verkaufen, wäre zu aufwendig. Also hab ich es mir genommen und das Geld behalten.« Ich atmete tief durch. Bisher hatte ich mir nie eingestanden, dass mein ehemaliger Boss wahrscheinlich genau wusste, wie viel das Metall wert war, aber wollte, dass ich das Geld bekommen hatte. Er hatte mich lediglich meinen Stolz bewahren lassen, indem ich es mir verdient hatte.

»Und jetzt, da er dich gefeuert hat, kannst du das nicht mehr.« Das Mitleid in seinem Gesicht weckte in mir den Wunsch, mich in einem Loch zu verkriechen. Er legte mir die Hand auf die Schulter. »Es wird alles gut.«

Ich lachte, weil ich nicht wusste, was ich sonst tun sollte. Er klang so selbstsicher.

»Du vertraust mir doch, oder?«

Ich blickte tief in die haselnussbraunen Augen. *Natürlich vertraue ich dir.* Mir lagen die Worte auf der Zunge. Mein Magen knurrte.

»Ich mache dir jetzt mal was zu essen.« Damit erhob er sich. Mein Körper heulte beim Verlust seines warmen Gewichts auf. »Aber zuerst wird geduscht. Ich wette, du kannst es kaum erwarten, aus den nassen Sachen rauszukommen.«

»Hach, Cole, ich dachte schon, du würdest nie fragen.«

Er sah mich finster an. »Du bist durchnässt, du frierst, und du kommst gerade von einem Trip runter. Ich hole dir was Trockenes zum Anziehen, du wäschst dich. Du bist dreckig.«

Ich schnaubte. Das hätte er so nicht sagen müssen.

Er führte mich zu einem kleinen Badezimmer. Von außen machte das Farmhaus nicht viel her, innen hingegen sah alles sauber und neu aus.

»Schön gefliest«, merkte ich unterwegs an. »Wer hat das gemacht?«

»Ich«, antwortete Cole. »An meinen freien Tagen renoviere ich das Haus.«

Was sonst?

Er drehte die Dusche auf und stellte die Wassertemperatur ein. »Rein mit dir. Nimm dir Seife und Shampoo.«

»Du willst mir nicht den Rücken schrubben?«, fragte ich beißend. Der Gedanke an eine schlichte Freude wie heißes Wasser erweckte meinen Mut wieder zum Leben.

»Nur, wenn's unbedingt sein muss.« Er zog eine Augenbraue hoch, als wollte er mich vor einer weiteren vorlauten Bemerkung warnen. Verfluchter Cole Townsend. Schon im Alter von zwölf Jahren hatte er die Gabe besessen, mir das Gefühl zu geben, kaum einen halben Meter groß zu sein. Als ich schwieg, nickte er und ging. Die Badezimmertür schloss sich mit einem entschiedenen Klicken hinter ihm.

Ich zog mich aus. Irgendwie musste ich raus aus diesem Schlamassel. In der Nacht würde meine Mutter zurechtkommen – ihre Pflegerin war bei ihr. Aber wenn sie am Morgen aufwachte und ich immer noch weg wäre, würde sie sich Sorgen machen. Falls sie sich überhaupt an mich erinnerte.

Meine beste Fluchtmöglichkeit bestand in einem Fenster hoch an der Wand am Ende der Badewanne – ein freistehendes Modell, was bewies, wie alt dieses Haus sein musste. Als ich mich auf den Rand der Wanne stellte, konnte ich in hinaus in die verregnete Nacht spähen, aber der alte Rahmen schien mit Farbe übermalt und zugeklebt zu sein. Ich arbeitete eine Minute daran, bis sich das Fenster rührte, als sich plötzlich die Badezimmertür einen Spaltbreit öffnete.

»Regina?«

Ich erstarrte.

»Ich bringe deine nassen Sachen zur Wäsche.«

»Okay!« Ich wartete, bis sich die Tür wieder geschlossen hatte, dann fluchte ich. Damit war mein Fluchtplan im Eimer.

Ich versetzte dem Fenster einen Stoß, und mit einem Zittern löste es sich von der Farbe, die es verklebte. Vielleicht könnte ich es aufzwängen und in einem Handtuch entkommen.

Einige Minuten später hatte ich das Fenster weit genug offen, um die vordere Körperhälfte hindurchzubekommen. Regen überzog den Rasen vor mir. Wenn ich mich mit den Füßen vom Rand der Wanne abstieße, könnte ich genug Höhe gewinnen, um es nach draußen zu schaffen.

Ich wollte mich gerade zurückziehen, und mich in ein Handtuch zu hüllen und den Ausbruchsversuch zu unternehmen, als mir das Fenster auf die Schultern kippte und mich fixierte. Ein spitzer Aufschrei entfuhr mir. Während ich kämpfte, rutschten meine Füße auf ihrem prekären Halt am Rand der Wanne.

Mich überkam solche Panik, dass ich kaum hörte, wie sich die Badezimmertür erneut öffnete.

»Alles in Ordnung da drin?«

»Alles bestens!«, antwortete ich, bevor mir etwas klar wurde – er würde merken, dass mein Kopf aus dem Haus ragte. Einen Moment lang dachte ich, noch mal Glück gehabt zu haben. Dann jedoch verrieten mir ein Rascheln und ein Luftzug auf dem nackten Rücken, dass Cole den Duschvorhang zurückgezogen hatte.

»Regina ...«

»Ich wollte nur sehen, wie stark es regnet«, sagte ich.

Meine Füße hatten zwar wieder Halt an der Wanne gefunden, aber mit einer falschen Bewegung könnten sie abrutschen. »Weißt du, das Fenster solltest du echt austauschen. Ich stecke fest.«

Cole erwiderte nichts.

Mir war unangenehm bewusst, dass ich ihm meine nackten Hinterbacken präsentierte. Das Wasser der Dusche wurde allmählich kalt, ganz zu schweigen vom Regen in meinem Gesicht. Auch die Dachrinne musste repariert werden.

»Hilfst du mir mal?«, fragte ich.

Cole drehte das Wasser ab. Er legte mir eine Hand auf den Rücken und ließ sie über meinen Hintern wandern. Wahrscheinlich begutachtete er seine Arbeit von vorhin. Das Brennen war zu einem dumpfen Pochen abgeflaut, das ich kaum noch bemerkte – bis seine Finger leicht zudrückten. Unwillkürlich schauderte ich – und nicht vor Kälte. Nach all den Freiheiten, die er sich genommen hatte, indem er mich versohlt hatte, brachte diese sanfte Berührung alles in mir zum Erbeben.

»Weißt du«, meinte er. »Die Position ist gar nicht so schlecht. Vielleicht sollte ich dich die ganze Nacht so lassen.«

Ich öffnete den Mund, um ihn anzuschreien, überlegte es mir jedoch anders. »Bitte nicht.«

Die Wärme in der Dusche verflüchtigte sich bereits, und ich begann, vor echter Kälte zu zittern.

Die Hand löste sich von meinem Hintern und drückte das Fenster nach oben. Ich biss mir auf die Unterlippe, als sich sein Körper an meinen presste.

»Vorsicht.« Seine Wärme breitete sich über meinen Rücken aus, als er mir nach unten half. Er stellte mich auf die Beine und begutachtete mich, während ich überall hinsah, nur nicht in sein Gesicht. Cole hatte sich umgezogen, trug eine Jeans und ein weißes T-Shirt. Seine Füße waren nackt. Das empfand ich als seltsam intim.

Entblößt, nass und frierend starrte ich auf das ausgebleichte Logo seines T-Shirts. Ich brachte es nicht über mich, eine kesse Lippe darüber zu riskieren.

»Umdrehen.«

Mit einem Waschlappen entfernte er die Male, die das Fenster an meinem Rücken hinterlassen hatte. Ich schwieg, als er meine Hand ergriff und mich abtrocknete, als wäre ich eine Siebenjährige. Offen gestanden, hatte ich mich so verhalten.

»Zeit, dich anzuziehen, Süße.«

Süße? Das klang so gar nicht nach einem Sheriff.

Ich zögerte.

»Heb die Hände«, befahl er. Das hörte sich schon eher nach ihm an.

Ich kam der Aufforderung nach und stülpte mir das T-Shirt über den Kopf. Gleichzeitig riss er mir das Handtuch weg. Der weiche Stoff reichte mir bis hinunter zu den Knien. Ich hatte vergessen, wie groß er war. Groß und breit, und plötzlich schien das Badezimmer zu klein für uns beide zu sein.

»Cole. Was hast du vor?«

»Mich um dich kümmern.« Er band mir das nasse Haar zusammen, bevor er an dem Pferdeschwanz zog. »Komm mit.«

4

EINE MINUTE später saß ich in seiner kleinen Küche, trank ein Glas Wasser und betrachtete die Tapete.

»Cole.«

»Ja?« Er drehte sich an der Arbeitsplatte nicht um.

»Deine Küche ist mit winzigen Gockeln verziert.«

»Hähnen.«

»Jacke wie Hose. Dazu bist du beim Renovieren wohl noch nicht gekommen.«

»Vielleicht mag ich Hühner ja«, erwiderte er und stellte ein Sandwich auf einem Teller sowie ein Glas Milch vor mich hin.

Mein Blick folgte dem Marsch der Vögel mit dem roten Kamm um die gesamte Küche herum. »Niemand steht so sehr auf Hühner.«

»Iss.« Er tippte auf den Teller. »Du brauchst etwas im Magen.«

Schließlich sah ich ihm ins Gesicht.

Gerade Nase, kurzer Bürstenschnitt, bei dem das Haar trotzdem daunenweich aussah. Haselnussbraune Augen. Ein herrlicher Mund. Ich befand mich in Cole Townsends

Haus, er hatte zweimal meinen nackten Hintern gesehen, und wir waren völlig unter uns.

Ein Schauder durchlief mich.

Er runzelte die Stirn. »Ich drehe die Heizung auf.«

Zögerlich ergriff ich das Sandwich. Zu meiner Freude handelte es sich um Erdnussbutter und weißen Marshmallow-Schaumzucker auf vernünftigem Weizenbrot.

»Ein Schaumnussbutter-Sandwich«, hauchte ich ehrfürchtig. »Wo hast du den Schaumzucker aufgetrieben?«

»Bei den Cross Brothers gibt es ihn noch. Du hast mir mal erzählt, dass du Schaumnussbutter-Sandwiches am liebsten hast.«

Dass er sich daran erinnerte, löste ein Kribbeln in mir aus.

»Du hast damals zu mir gemeint, so was sollte ich nicht essen.«

»Ist reiner Zucker.« Ihm zog sich sichtlich alles zusammen. »Du brauchst nichts, um noch hyperaktiver zu werden.«

Ich grinste. »Das war der letzte Sommer, in dem du als Lagerbetreuer gearbeitet hast. Ich wusste, dass ich was damit zu tun hatte.«

»Ja, Regina.« Er seufzte. »An dem Tag haben alle Lagerbetreuer gelobt, zu kündigen.«

Ich aß, während er mich beobachtete. Dabei umspielte der Anschein eines Lächelns jenen perfekten Mund. Sogar die Milch trank ich, als er an das Glas tippte. Meine Kehle fühlte sich trotzdem trocken an.

Ich erschrak, als sein Funkgerät knisterte. Er stand auf. »Da muss ich rangehen.« Er zeigte mit dem Finger auf mich. »Bleib.«

Ich nickte und gehorchte nur zu gern. Cole hatte schon immer die Macht besessen, dafür zu sorgen, dass ich mich nicht von der Stelle rührte. Im Augenblick genoss ich den

Klang seiner Stimme beim Erteilen von Anweisungen über das Funkgerät. So dominant und ... wie ein Sheriff eben.

Nachdem er das Gespräch beendet hatte, kam er zurück. »Iss dein Sandwich auf, Regina.«

»Okay.« Erneut gehorchte ich, als wäre ich wieder sechs und er zwölf. Er beobachtete mich, während ich aß, und mich begeisterte das Sandwich noch genauso sehr wie damals.

»Du siehst gut aus, Cole. Total offiziell.«

»Freut mich, dass ich dir gefalle.«

Als ich mit vollem Mund weiterreden wollte, bedachte er mich mit einem finsteren Blick, der mich stattdessen kauen ließ.

»Morgen früh unterhalten wir uns ausführlicher, aber sag mir noch eins – warum hast du nicht um Geld gebeten?«

Plötzlich verwandelte sich die köstliche Mischung aus Erdnussbutter und Marshmallow-Creme in meinem Mund in Staub. »Wen sollte ich denn fragen?« Ich zwang mich, zu schlucken. Mein Herz zog sich schmerzhaft zusammen.

»Regina.«

»Nein, wen Cole? Meine Nachbarn im Wohnwagenpark? Meine Freunde vom College, die eben erst den Abschluss hinter sich gebracht haben und auf einem Berg von Studiendarlehen sitzen? Meinen Vater, der sich aus dem Staub gemacht hat, als ich zehn war?« Ich straffte die Schultern und schob den Teller weg. »Bin fertig.«

Er brachte den Teller zum Spülbecken, kam zurück und legte auf dem Tisch die Hand auf meine. »Du hättest etwas sagen können.«

Ich schnaubte höhnisch. Unwillkürlich. Ich würde nie gesellschaftsfähig sein, und das wusste er.

Cole lehnte sich zurück und wirkte enttäuscht. Der Anblick ging mir unter die Haut. Glaubte er wirklich, ich würde bei ihm angerannt kommen? Als wir Kinder gewesen waren, hatte er sich ein paar Mal um mich gekümmert. Aber seit ich nach nur zwei Jahren am College notgedrungen zurückgekehrt war, hatte ich kaum mehr mit ihm gesprochen.

»Wir reden morgen früh weiter«, sagte er schließlich. »Wenn du ein bisschen geschlafen hast, wirst du klarer denken.«

»Wie kommst du darauf, dass ich jetzt nicht klar denke?«

»Du hast versucht, splitternackt aus meinem Badezimmerfenster zu klettern.«

Bei dem Kopfkino verfinsterte sich meine Miene. »Ich wollte mir noch ein Handtuch nehmen.«

Er schüttelte den Kopf, doch ich nahm ein verhaltenes Lächeln um seine Mundwinkel wahr. »Du bist nicht fies, wenn du betrunken bist. Eher unterhaltsam. Trotzdem halte ich es für das Beste, dass du den Rausch erst mal ausschläfst.«

»Ich kann auch nach Hause gehen.«

»Du gehst nirgendwohin.«

»Aber meine Mutter ...«

»Ich hab bei dir zu Hause angerufen. Deine Mutter schläft. Becky ist dort und hat die Anweisung, ihr zu sagen, dass du bei einer Freundin bist, falls sie fragt.«

»Du hast meine Mutter angerufen? Das kannst du nicht machen.«

»Was?«

»Einfach so mein Leben in die Hand nehmen!«

»Irgendjemand muss es tun.«

»Was zum Teufel meinst du damit?« Aus irgendeinem Grund fand ich es unerträglich, dass Cole wusste, welches Chaos in meinem Leben herrschte.

Er zögerte. »Wir unterhalten uns morgen früh.«

»Nein, Cole. Jetzt.«

»Mr. Roberts hat mich angerufen. Er macht sich Sorgen um dich.«

»Weil ich ein paar Tage nicht bei der Arbeit war, bevor er mich gefeuert hat?«

»Deswegen und weil du ihm in den letzten vier Monaten über drei Riesen gestohlen hast.«

Mir wurde heiß. Dann kalt. Und schließlich fühlte ich mich wie betäubt. »Woher weißt du das?«

»Er hat es mir gesagt.«

Mir lag auf der Zunge, es zu leugnen, doch es schmeckte wie Staub. Ich schluckte es runter. Niedergeschlagen ließ ich die Schultern hängen.

»Wie hat er es herausgefunden?« Meine Stimme hörte sich kleinlaut und wie aus weiter Ferne an.

»Du leugnest es nicht?«

»Nein.«

»Braves Mädchen«, murmelte er. Durch die Worte fühlte ich mich besser als bisher während des gesamten Abends. Seltsam.

»Er hat ein paar verdächtige Bestellungen über Waren überprüft, die nie geliefert worden sind. Dabei hat er erkannt, dass du sie gefälscht hast.«

Das stimmte. Ich war nicht stolz darauf. 400 Dollar hier, 200 Dollar da. Der größte Betrag waren 700 Dollar gewesen, und die Quittung dafür hatte ich in einer der Toiletten der Lagerhalle gefälscht. Ich brauchte noch so viel mehr. Mr. Roberts war ein anständiger Mensch. Er hatte mir meinen ersten Job gegeben, als ich sechzehn gewesen war, und er hatte mich wieder eingestellt, als ich das College abgebrochen hatte, um mich um meine Mutter zu kümmern. Damals hatte ich verzweifelt Arbeit gebraucht, und er hatte mir geholfen.

Ich kam mir wie der schlechteste Mensch der Welt vor.

»Nein, das bist du nicht«, entgegnete Cole, und mir

wurde klar, dass ich den Gedanken laut gesprochen hatte. »Du hast Mist gebaut, aber das ist halb so schlimm.«

»Wie kann das halb so schlimm sein?«

»Weil ich es in Ordnung bringen werde.« Er zog mich hoch. »Komm. Wir gehen ins Bett.«

Wir?

»Du brauchst Schlaf.«

Ich leistete keinen Widerstand, bis wir uns auf halbem Weg durch den Flur befanden.

»Warte, Cole. Was meinst du damit, du wirst es in Ordnung bringen? Wird es nicht seltsam rüberkommen, dass ich hier bin, nachdem ich mir so viel Ärger eingebrockt habe?«

»Entspann dich, Regina. Lass das meine Sorge sein.«

»Nein, Cole.« Ich zog die Hand aus seiner.

So müde, dass ich kaum noch etwas sehen konnte, wankte ich auf den Beinen. Im düsteren Schlafzimmer füllte sein Körper mein Sichtfeld aus.

Sanft manövrierte er mich zum Bett und kippte mich dort über seinen Schoß.

Klatsch-klatsch-klatsch! Seine Hand schlug einen strengen Takt. Es tat nicht richtig weh, doch ich spürte, wie sich meine Pobacken erwärmten.

Als er meinen Hintern rieb, durchströmte mich Entspannung.

Er stellte mich auf die Beine, behielt jedoch die Arme um mich und knetete zart meine drallen Hinterbacken.

»Wofür war das?«

»Nur eine Erinnerung daran, wer das Sagen hat.« Seine Stimme klang tief wie ein See, in den ich fallen könnte. Mein Kopf nickte wie von selbst, als ich mich an ihn lehnte.

Seine Finger strichen mir das Haar aus dem Gesicht. »Gefällt es dir, wenn ich dich versohle?« Er klang neugierig, doch bei den Worten blitzte Lust in den haselnussbraunen Augen auf.

»Nein, es gefällt mir nicht.« Verlegen vergrub ich das Gesicht an seiner Brust und hoffte, er würde nicht auf eine ausführlichere Antwort drängen.

Er ließ es gut sein, schlang die Arme enger um mich und murmelte mir ins Ohr. »Jetzt bist du sauber, aufgewärmt und hast gegessen. Du wirst schlafen können, und morgen früh reden wir.«

»Okay.«

»Braves Mädchen.«

Hitze breitete sich durch meinen gesamten Körper aus. Cole legte mich ins Bett und schmiegte sich an mich. Seine Wärme sickerte in mich, und trotz meiner Erschöpfung fühlte ich mich berauschter als irgendwann zuvor in jener Nacht. Ich lag im Bett des attraktiven Cole Townsend, hatte einen vom Versohlen heißen Hintern und bebte mit dem großen Mann meiner Träume in Löffelchenstellung an mir praktisch vor Lust. Obwohl ich mir nicht recht erklären konnte, wie die Ereignisse des Abends dazu geführt hatten, konnte ich mich nicht darüber beschweren.

Über meine Probleme würde ich am nächsten Morgen nachdenken.

MITTEN in der Nacht erwachte ich mit staubtrockener Kehle.

»Cole ...« Ich hustete.

Seine Arme schlangen sich mit einem Schraubstockgriff um mich. Mir wurde heiß. Zu heiß.

»Regina?«

»Wasser«, stieß ich krächzend hervor.

Im Nu sprang er aus dem Bett und eilte in die Küche.

Kaum hatte mich seine Wärme verlassen, setzte ich mich auf. Schlagartig brach die Realität über mich herein.

Ich stieg aus dem Bett, wollte schleunigst weg.

Allerdings schaffte ich es gerade mal den Flur hinunter und zur Tür, bevor sich starke Arme um mich legten und mich rückwärts an Coles feste, warme, nackte Brust zogen.

»Langsam, langsam. Wo willst du denn hin?«

»Lass mich los, Cole.« Ich setzte mich zur Wehr.

»Bringen wir dich zurück ins Bett.«

Mühelos hob er mich hoch, und ich strampelte mit den Beinen.

»Lass mich los! Ich muss gehen!«

Er setzte mich aufs Bett und reichte mir das Wasser. Trotz meines Drangs, zu fliehen, trank ich gierig.

»Wohin musst du gehen?«

»Nach Hause. Um nach meiner Mutter zu sehen.«

»Die Nachtpflegerin ist bei ihr.«

»Aber Ma wacht manchmal auf. Weinend. Dann will sie immer mich.« Ich fügte nicht hinzu, dass sie nur dann wusste, wer ich war.

Cole schwieg, während ich das Wasser austrank.

»Willst du mehr?«, erkundigte er sich, als ich ihm das Glas reichte. Ich schüttelte den Kopf.

»Regina, wachst du jede Nacht so auf? Auch, als du noch gearbeitet hast?«

»Manchmal. Na ja, in den meisten Nächten.«

»Verstehe.« Er seufzte und klang müde. »Rufen wir Becky an.«

»Becky?«

»Die Nachtpflegerin. Mit ihr habe ich vorhin telefoniert.«

Ich fühlte mich ein wenig schuldig, weil sich Cole so müde anhörte. Andererseits würde er als Sheriff wohl an Anrufe mitten in der Nacht gewöhnt sein.

Becky meldete sich und klang entschieden munterer, als es irgendjemand um drei Uhr morgens sein sollte. Sie versicherte mir, dass alles in Ordnung wäre.

»Fühlst du dich jetzt besser?«, fragte Cole, nachdem er den Anruf beendet hatte.

»Ein bisschen. Aber nein.« Ich setzte dazu an, aufzustehen. »Ich muss trotzdem nach Hause. Becky geht um sieben. Und ich muss erst jemanden organisieren, der dann da ist, damit ich mir einen Job suchen kann ...«

Wieder schnappte mich Cole und zog mich zum Bett. »Genug. Es ist mitten in der Nacht. Du brauchst Schlaf.«

»Aber Cole ...« Schlaftrunken und aufgebracht setzte ich mich zur Wehr. Ich war wirklich müde.

»Hör auf. Wenn du so weitermachst, kette ich dich mit Handschellen ans Bett«, warnte er mich in einem Ton, der mich die Drohung glauben ließ. »Wir werden rechtzeitig bei deiner Mutter sein, das verspreche ich dir. Aber jetzt musst du dich ausruhen.«

»Ich bin alles, was sie hat«, protestierte ich.

»Nicht, während Becky dort ist. Sie ist dafür ausgebildet, sie zu betreuen. Wäre sie nicht ans Telefon gegangen, wäre ich hingefahren. Aber sie *ist* rangegangen. Deine Mutter schläft, und es geht ihr gut.«

»Jetzt bin ich wach. Und ich will nicht schlafen«, sagte ich und gähnte dazwischen.

Er seufzte. Zwei Sekunden später lag ich mit dem Gesicht nach unten über seinem Schoß.

»Was hast du vor?« Ich kreischte, als er mein Nachthemd hochzog.

»Dich zum Schlafen bringen.«

»Cole! Das wird nicht funktionieren!«

»Hat es vorhin.« Erst knetete er meine Pobacken, dann fing er zu schlagen an. »Durch Schmerzen werden Endorphine freigesetzt.«

»Hast du das aus dem Polizeihandbuch?«

»Still«, sagte er entschlossen. Seine Handfläche klatschte abwechselnd auf die eine und die andere Hinterbacke. Das Brennen verteilte sich gleichmäßig über meine bebende Haut.

Und es beruhigte mich tatsächlich.

Als er mich auf die Beine stellte, schwankte ich wie betrunken.

»Warum machst du das?«

Vielleicht verhörte ich mich, doch ich hätte schwören können, dass er flüsterte: »Weil du mir gehörst.«

5

AM NÄCHSTEN MORGEN wachte ich auf. Ich stieg aus dem Bett, wartete jedoch damit, das Zimmer zu verlassen, bis ich dringend pinkeln musste.

Beim Anblick meines Spiegelbilds – dunkle Ringe unter den Augen, das Haar ein einziges Chaos – zuckte ich zusammen. Hatte ich all die Dinge vergangene Nacht wirklich gesagt? Und wirklich getan?

Ich hob das Shirt von Cole hoch und begutachtete meinen Hintern. Und tatsächlich zeichnete sich daran eine anhaltende Röte ab.

Also hatte ich nicht bloß geträumt.

Ich tapste zurück ins Schlafzimmer und suchte nach einer Uhr. Auf dem Nachttisch hatte eine gestanden, aber sie war verschwunden. Licht strömte durch die Vorhänge herein.

Panisch traf ich in der Küche ein.

Cole lehnte an der Arbeitsplatte, nippte an Kaffee und las eine Zeitung. Ruckartig hielt ich beim Anblick seiner langen, in einer Jeans steckenden Beine inne. Ein schwarzes Poloshirt spannte sich über die muskulösen Oberarme und die Brust.

»Morgen, Sonnenschein«, begrüßte er mich.

»Wie spät ist es?«, verlangte ich zu erfahren. Er zeigte zum Mikrowellenherd, dessen Display zehn Uhr anzeigte. »Stimmt das?«

»Ja.«

»Gottverdammt noch mal, Cole!«

»Regina.« Seine Stimme strotzte vor Autorität. »Entspann dich. Ich habe eine Tagesbetreuung organisiert. Deiner Mutter geht's gut. Der neue Pfleger heißt Matthew. Sie nennt ihn zwar Peter, aber er hat gemeint, das wäre normal.«

»Peter war ihr Bruder. Der seit zwanzig Jahren tot ist.«

»Tja, sie unterhält sich gerade wunderbar mit ihm. Jetzt komm und setz dich. Wir haben einiges zu bereden.«

Schleichend näherte ich mich dem Tisch und ließ Cole dabei nicht aus den Augen. Er sah ausgeruht, attraktiv und wie aus dem Ei gepellt aus.

Mistkerl.

Ich hingegen hatte das Gefühl, Watte in den Augenhöhlen zu haben. Als ich es Cole mitteilte, wollte er wissen, wie es mir ging.

»Was macht das Hinterteil?«, erkundigte er sich. »Wund?«

»Nein.«

»Blutergüsse?«

»Nein. War das dein Ziel? Mir einen blauen Hintern zu verpassen?«

Bei meinem Ton zog er eine Braue hoch. »Wenn du dadurch nie wieder zu Benny ins Auto steigst, soll es mir recht sein.«

Diesmal zog ich eine Augenbraue hoch. »Du kannst ihn echt nicht leiden, oder?«

»Würdest du auch nicht, wenn du wüsstest, was ich weiß.«

»Ich muss nicht mehr wissen, um ihn nicht zu mögen. Er ist nicht wie Donnie DeMarco«, erwähnte ich wie beiläufig meinen langjährigen Ex-Freund, von mittlerweile mit ziemlicher Sicherheit für die Mafia arbeitete.

Und wie auf ein Stichwort verfinsterte sich Coles Miene.

»Egal.« Ich nahm einen Schluck Kaffee, ließ den Blick dabei auf den Tisch gerichtet. »Wir müssen reden.«

»Ja. An wie viel erinnerst du dich von letzter Nacht?«

»An alles. Du weißt alles, was ich gemacht habe. Beim Großteil davon hast du mich auf frischer Tat ertappt, den Rest hat dir Mr. Roberts erzählt.«

»Das war also alles?« Sein Blick wirkte hart.

»Ja.«

»In dem Fall hast du zwei Möglichkeiten.« Er stellte den Kaffeebecher ab. »Die eine ist, dass ich dich zum Revier bringe und dort festhalte. Ich werde Mr. Roberts auffordern, Anklage zu erheben, und das wird er. Es wäre klug von dir, dich schuldig zu bekennen. Der Richter würde dich verurteilen. Du könntest eine Haftstrafe aufgebrummt bekommen. Deine Mutter müsste in ein Pflegeheim ...«

»Und die zweite Möglichkeit?«, fiel ich ihm ins Wort.

Er fixierte mich mit einem strengen Blick und fuhr fort. »Die zweite Möglichkeit ist einzigartig, nur wird sie dir nicht besser gefallen. Keine Haft, keine Anzeige der Verbrechen. Mr. Roberts vertraut darauf, dass ich mich um die Angelegenheit kümmere, und ich habe ihm versprochen, mein Bestes zu geben. Aber es liegt an dir.«

Sosehr ich wissen wollte, wie die zweite Möglichkeit aussah, ich konnte mir die Frage nicht verkneifen. »Warum macht er das? Warum erzählt er dir alles und ersucht dich um persönliche Hilfe?«

»Weil er weiß, dass mir etwas an dir liegt. Seit du vom College zurück bist, habe ich mich von Zeit zu Zeit nach dir erkundigt.«

»Wirklich?«

»Ja. Ich hätte ja direkt bei dir nachgefragt, aber ich wusste, dass du seit dem Vorfall mit den Steinen nicht mehr mit mir reden wolltest.«

»Seit dem Vorfall mit den Steinen?«, entfuhr es mir erschrocken. Dann fiel es mir wieder ein. »Oh, richtig.« Als ich vierzehn gewesen war, hatte ich mit etwas Älteren abgehangen. Ein paar davon hatten gedacht, es wäre cool, sich auf eine Überführung zu setzen und Steine auf Polizeiautos zu werfen. Ich hatte damit nichts zu tun, bis ich erfuhr, dass Cole einige der Täter erwischt hatte. Ärger bekam als Einziger der Junge aus dem Wohnwagenpark. Ich hatte zu dem Zeitpunkt gerade Malcolm X gelesen und warf Cole lautstark Diskriminierung vor.

»Ich hab dich 'nen Rassisten genannt.«

»Leider war der Einzige, den ich mit einem Stein in der Hand erwischt habe, nun mal Winston. Und der Fahrer hat nur ihn beschuldigt, Steine geworfen zu haben, nicht die weißen Kids.«

»Du hast ein Exempel an ihm statuiert. Das hab ich für unfair gehalten.«

»Es war auch nicht fair«, erwiderte Cole, womit er mich überraschte. »Ich wollte alle als Straftäter anklagen. Der Sergeant hat mich nicht gelassen. An dem Tag hab ich beschlossen, Sheriff zu werden.«

Verdattert blinzelte ich.

»Aber Winston hat es nicht geschadet«, fügte Cole hinzu. »Die Gruppenunterbringung war besser für ihn als das Zuhause seiner Familie.«

»Ja«, räumte ich ein und dachte daran zurück, wie froh ich selbst darüber gewesen wäre, mit vierzehn von daheim wegzukommen.

»Aber du hast danach nicht mehr mit mir geredet.«

»Weil ich dachte, du wärst einer von denen.«

»Einer von welchen?«

»Einer der denen, die jeden, der in einem Wohnwagen-park lebt, für Abschaum halten.«

»Das habe ich nie gedacht, Regina.«

»Deine Eltern schon.«

»Deshalb habe ich ihnen nie den wahren Grund genannt, warum ich mich freiwillig für die Arbeit im Tages-lager gemeldet habe.«

Bei der Information wurden meine Augen groß. Neben seinem Kurzauftritt als Lagerbetreuer hatte Cole als Rettungsschwimmer an dem See gearbeitet, an dem ich die Sommer in einem staatlich betriebenen Programm für Frei-zeitaktivitäten verbracht hatte. Zwar war er mir dabei nie nahe gekommen, aber ich hatte mich mehrere Ferien lang unter seinen wachsamen Augen vergnügt.

Da ereilte mich die Erkenntnis, dass Cole immer auf mich aufgepasst hatte, selbst dann, wenn ich alles andere als nett zu ihm gewesen war.

»Es tut mir leid«, entschuldigte ich mich. »Ich bin oft ziemlich unhöflich zu dir gewesen. Wahrscheinlich wolltest du mir schon lange den Hintern versohlen.«

Seine Augen verdüsterten sich. »Du hast ja keine Ahnung.«

Wieder schauderte ich. In Coles Gegenwart wurde das allmählich zur Gewohnheit. Als wüsste mein Körper, dass sich unter der Oberfläche noch mehr abspielte. Wir kannten uns schon so lange und hatten immer eine Verbin-dung gehabt. Als Erwachsene schien sie irgendwie inniger und intensiver zu sein. Aber sie fühlte sich angenehm und vertraut an. Tief in meinem Inneren hatte ich wohl immer gewusst, dass Cole auf meiner Seite stand.

»Also, was soll ich tun? Gemeinnützige Arbeit?«

»So ungefähr.«

»Spuck's schon aus, Cole.« Ich verschränkte die Arme vor der Brust, und sein Blick wurde noch stürmischer.

»Komm her, Regina.«

»Warum?«

»Weil ich es sage.«

Ich richtete mich auf und bewegte mich mit bleiernen Schritten vorwärts, bis ich zwischen seinen Beinen stand.

»Braves Mädchen. Und war das jetzt so schwer?«

»Ja.«

»Daran wirst du dich gewöhnen müssen. Das ist nämlich Möglichkeit zwei.«

»Möglichkeit zwei besteht darin, dass du mir befiehlst, mich zwischen deine Beine zu stellen? Damit würde ich gut klarkommen.«

»Regina.«

»Tut mir leid. Anscheinend verstehe ich es nicht.«

»Ich will, dass du dich mir unterwirfst.«

Wieder breitete sich angesichts der intensiven Lust in Coles Augen jenes Kribbeln durch meinen Körper aus. Ich achtete darauf, keine Miene zu verziehen. »Oh, das ist alles?«

»Möglichkeit zwei besteht darin, dass du dich von mir disziplinieren lässt. Den ganzen Tag. Jeden Tag. Ich werde dir sagen, was du zu tun hast, und du gehorchst, ohne Fragen zu stellen. Nicht nur das, ich werde alles kontrollieren. Dein Zeitplan. Was du anziehst. Einige Anweisungen werden allgemeiner Natur sein, zum Beispiel, drei gesunde Mahlzeiten am Tag zu essen. Andere werden genauer ausfallen. Aber wenn du dich für Möglichkeit zwei entscheidest, hast du sie alle zu befolgen.«

Ich öffnete den Mund. Und schloss ihn wieder. Ich hatte immer gewusst, dass Cole ein Kontrollfreak war, aber das verlieh dem Wort eine völlig neue Bedeutung.

»Wir werden uns miteinander verständigen. Du darfst

dich äußern. Ich möchte, dass du dabei ehrlich zu mir bist. Und ich habe nur dein Bestes im Sinn. Du kannst mir vertrauen.«

Ich wusste immer noch nicht, was ich sagen sollte. »Du willst mir vorschreiben, was ich tun soll? Machst du das nicht schon?«

Ein Hauch von einem Lächeln. »Ich will, dass du mir gehorchst.«

»Du willst, dass ich dir gehorche«, wiederholte ich langsam. Unerklärlicherweise wurde meine Pussy feucht.

»Du wirst dich vor mir verantworten müssen. Ich halte dich auf Linie. Und wenn du dich danebenbenimmst ...«

»Versohlst du mir den Hintern.«

»Unter anderem, ja.«

Ich starrte ihn an, wartete darauf, dass er in ein Grinsen ausbrach und mir mitteilte, dass er nur scherzte. Aber wem wollte ich etwas vormachen? Ich hatte Cole vor mir. Der scherzte nicht.

»Du meinst das wirklich ernst.«

»Ich bin noch nie zuvor im Leben aufrichtiger gewesen.«

»Was, wenn du von mir etwas Verrücktes verlangst, zum Beispiel, dass ich von einer Brücke springen soll oder so?«

»Regina, du kennst mich. Würde ich je zulassen, dass du etwas tust, das dir schadet?«

Er hatte recht.

»Derzeit triffst du keine besonders guten Lebensentscheidungen. Deshalb werde ich sie für dich fällen.«

»Und wie lange?«

»So lange, wie ich es für notwendig halte.«

»Also ... Möglichkeit eins ist der Knast, Möglichkeit zwei besteht darin, dass du mein Leben so kontrollierst, dass es sich für mich anfühlt, als wäre ich im Knast.«

»Manche Teile davon dürften dir besser gefallen als das

Gefängnis. Andere weniger. Alles, was es dich kostet, ist dein Stolz.«

Ich schaute finster drein. »Ich mag meinen Stolz. Der ist alles, was ich noch habe.«

»Und sieh dir an, wohin es dich gebracht hat. Ich habe gesagt, dass ich dir helfe. Das ist mein Weg dafür.«

»Du willst mich also zur perfekten Bürgerin formen. Mit Zuckerbrot und Peitsche.«

»Größtenteils mit der Peitsche. Außer du bist sehr, sehr brav.«

Ich ignorierte das Kribbeln in mir. »Davon hab ich schon gelesen«, sagte ich. »Wie lautet mein Safeword? Knast?«

»Das kann es sein.«

Ich starrte ihn an. »Scheiße. Du bist echt ein Sadist.«

»Ich habe vor gestern Nacht noch nie einer Frau den Hintern versohlt. Nicht mal, wenn sie es wollte.« Er grinste, womit er mich erschreckte. »Ich hätte nie gedacht, dass du so gut darauf anbrichst.«

Als ich das Gesicht verzog, verdüsterte sich sein Grinsen eine Spur.

Ich stieß den Atem aus. »Na schön. Ich tue also, was du sagst, und muss dafür nicht ins Gefängnis?«

»So einfach wird das nicht, Regina. Ich habe hohe Ansprüche und erwarte, dass du dich an die Regeln hältst. Sonst wirst du bestraft.«

»Versuchst du gerade, es mir auszureden?«

»Ja.«

»Wird dir nicht gelingen. Ich werde genau das tun, was und wenn du es verlangst.«

Seine Augen funkelten. »Gut.« Er lehnte sich zurück. »Nimm die Kaffeebecher, wasch sie ab und stell sie in den Geschirrspüler.«

Ich zögerte. Seine Augenbrauen hoben sich.

Das musste ein Test sein. Dachte er, ich würde mich sträuben? Dann würde ich ihm das Gegenteil beweisen.

Also fing ich an, zu gehorchen, konnte mir ein Murren jedoch nicht verkneifen. »Du hast einen Geschirrspüler. Ich verstehe nicht, wieso ich sie zuerst abspülen muss.«

Ich spürte Coles Körperwärme am Rücken, als er an der Arbeitsplatte dicht hinter mich trat.

»Erste Lektion«, hauchte er mir ins Ohr, und jeder Nerv in meinem Körper kribbelte. »Du tust, was dir befohlen wird, ohne dich zu beschweren.«

»Aber das kann ich doch so gut«, klagte ich. »Motzen ist mein Leben. Sarkasmus esse ich zum Frühstück.«

»Ich weiß.« Sein Körper presse sich an meinen. Ich wurde gezwungen, mich über das Spülbecken zu beugen. »Hände auf die Arbeitsplatte.«

Ich umklammerte den Rand mit den Händen, damit er nicht sehen würde, wie heftig sie vor Aufregung zitterten.

»Du wirst lernen, dich zu benehmen. Und wenn ich es in dich reinprügeln muss.« Er benutzte die Füße, um meine Beine zu spreizen.

»Du willst mich versohlen, nur weil ich gejammert habe?«

»Nein.« Sein Flüstern kitzelte mein Ohr. »Ich versohle dich, weil ich es kann.« Er zog meine Hüften zurück und schob das Nachthemd nach oben.

»Hintern raus. Ich will ein anständiges Ziel.« Als ich es tat, fühlte ich mich so erregt, wie er sich anhörte. Bestimmt würde es von meiner Scham auf den Boden tropfen.

Ein berauschendes Gefühl durchzuckte mich. »Zehen nach innen. Dadurch kannst du den Hintern nicht anspannen.«

»Tut es so noch schlimmer weh?«, fragte ich. Cole traute ich ohne Weiteres zu, dass er so etwas recherchiert hatte.

Der erste Hieb wiegte mich auf die abgestützten Arme

vor. Ich saugte scharf die Luft ein. Es schmerzte heftiger als die beiden Male davor.

»Sag du es mir.«

Er ließ weiter Schläge auf meinen Hintern einprasseln. Mit tränenden Augen atmete ich mich hindurch. Und trotzdem fand ich es allemal besser, von einem heißen Kerl diszipliniert zu werden, als hinter Schloss und Riegel zu sitzen.

Nachdem er fertig war, knetete er meinen Po. Die grobe Massage halbierte das Brennen. Es juckte mich in den Fingern, mir selbst den Allerwertesten zu halten.

»Und jetzt stell dich in die Ecke. Nase an die Wand, und du ziehst mit beiden Händen das Shirt hoch.«

Die frischen Schmerzen motivierten mich, zu gehorchen. Während ich an die Wand starrte, hörte ich, wie er sich hinter mir herumbewegte.

Das war verrückt. Ich stand mit gerötetem Hintern in der Ecke wie ein Kind, das man beim unerlaubten Griff in die Keksdose erwischt hatte, während Cole am Küchentisch saß und mich beobachtete. Ich war mir nicht sicher, was ich schlimmer fand – die Schmerzen oder die Demütigung.

Und meine Muschi war so unheimlich feucht.

»Regina, komm her.«

Diesmal konnte ich nicht verhindern, dass ich errötete, als ich vor ihm stand. Er musterte mich. Sogar sitzend war er eine Spur größer als ich. »Willst du das immer noch?«

Ich nickte.

»Beug dich über den Tisch.« Er deutete auf die Stelle direkt neben ihm. Wimmernd gehorchte ich. Er zog das Shirt hoch, das ich trug, und begutachtete sein Werk.

Ich hielt den Atem an, als er die Hand auf meinen Hintern legte, doch er zog nur das Shirt wieder runter und gestattete mir, mich aufzurichten und mich ihm zuzudrehen.

»Das also ist alles?« Ich bemühte mich, lässig zu klingen, obwohl ich ihn am liebsten angefleht hätte, mich ins Schlafzimmer zu bringen und es mir richtig zu besorgen.

Er nickte. »Die meisten Maßnahmen werden wehtun, aber keine Spuren hinterlassen. Obwohl ich vorhabe, dich fürs Stehlen kräftig mit dem Paddel zu bearbeiten. Danach wirst du es dir zweimal überlegen, bevor du es noch mal tust.«

Während ich nachdachte, trat ich unruhig von einem Bein aufs andere.

Er sorgte dafür, dass ich stillhielt. »Entspann dich einfach und vertrau mir. Sag mir, was dir gerade durch den Kopf geht.«

»Das ist alles sehr schräg«, platzte ich heraus.

»Unorthodox. Aber so wird es ablaufen. Außer, du willst dich den rechtlichen Folgen stellen.«

»Will ich nicht«, sagte ich abwesend. Als ich die Hand senkte, um mir den Hintern zu reiben, fing er sie ab und bedachte mich mit einem tadelnden Blick.

»Okay. Ich hab keinen Job mehr, also was soll ich den ganzen Tag machen? Und werde ich meine Mutter sehen können?«

»Dafür wird es feste Zeiten geben. Natürlich werde ich dich nicht von ihr fernhalten. Aber ich denke, du brauchst auch Zeit abseits von ihr, und selbst würdest du sie dir nicht nehmen. Also werde ich es dir befehlen. Du wirst keine Wahl haben.« Seine Finger legten sich um meine Hüfte. »Dasselbe gilt für die Einhaltung eines gesunden Schlaf- und Ernährungsplans.«

»Okay. Was noch?«

»Zum Anfang eine Therapie. Es gibt da eine Gruppe, die sich montags in der Kirche trifft.«

»Ich weiß, du glaubst mir nicht, aber weder trinke noch

kiffe ich regelmäßig.« Ich spannte den Körper an. »Ich brauche keine Therapie.«

»Sie ist nicht gegen Suchtverhalten. Es ist eine Therapie für Pflegepersonen.«

Ich zog die Hand aus seiner. »Cole ...«

»Das ist nicht verhandelbar.« Genauso gut hätte er die Worte in Stein meißeln können. »Außerdem wirst du eine bestimmte Zeit lang gemeinnützige Arbeit leisten. Um deine Schuld gegenüber der Gesellschaft zu tilgen. Wo, darüber denke ich noch nach.«

»Beim Polizeirevier?«

»Weder dort noch irgendwo sonst in meiner Zuständigkeit. Du wirst an dem Ort viel Zeit verbringen, und man würde annehmen, dass ich dich bevorzugt behandle.«

»Womit man recht hätte. Was soll ich hier tun?«

»Was immer ich will.« Seine andere Hand packte mich an der Hüfte. Meine Pussy begann zu pulsieren.

»Was willst du?«, flüsterte ich.

»Zum einen ein Dienstmädchen. Und drei vernünftige Mahlzeiten am Tag. Du kannst doch kochen, oder?«

Mein Mund klappte auf.

»Falls nicht, kann ich Kochbücher aus der Bibliothek mitbringen. Wenn du es vermasselst, versohle ich dir den Hintern. Das sollte ein guter Anreiz sein.« Ein Lächeln umspielte seine Lippen, ich wusste, dass er scherzte. Zumindest, was das Hinternversohlen anging.

»Ich kann kochen.« Barsch schlug ich seine Hände weg. »Du sexistisches Schwein, wenn du denkst ...«

Ansatzlos drehte er mich dem Tisch zu und versetzte mir drei schnelle Schläge auf den Hintern. Mir rutschte ein spitzer Aufschrei heraus. Dann drehte er mich wieder zu sich und fuhr fort, als wäre er nicht unterbrochen worden.

»Ich bin froh, dass du kochen kannst. Ich erwarte zumindest ein Sandwich zum Mittagessen und etwas Warmes am Abend. Das eine oder andere Mal wirst du mein Essen in den Kühlschrank packen müssen. Ich arbeite oft lange. Auch für dich selbst wirst du Mahlzeiten zubereiten.«

»Das ist unglaublich. Du erwartest von mir, für dich zu kochen ...«

»Und zu putzen. Ich nehme an, du weißt, wie das geht. Falls nicht, wirst du es schnell lernen müssen.«

»Das ist keine Bestrafung – das ist Sklaverei!«

»Ein bisschen. Ich könnte mich daran gewöhnen, dich als Sklavin zu halten, meine kleine Unverschämte.« Er kniff mir in den Hintern.

Ich schlug auf seine Hand. »Scheiße noch mal, Cole!«

»Ausdrucksweise. Ich denke, wir fügen eine weitere Regel hinzu. Kein Fluchen, sonst wasche ich dir den Mund mit Seife aus.«

Ich setzte gerade zum Schreien an, überlegte es mir jedoch anders. Cole bot mir einen Ausweg an. Nicht nur aus den Folgen meiner Straftaten, sondern aus meinem verhunzten Leben. Ich hatte das College abgebrochen, um mich um meine Mutter zu kümmern. Die vergangenen zwei Jahre hatte ich so viel wie möglich gearbeitet, trotzdem reichte das Geld vorn und hinten nicht. Obwohl der Staat einen Zuschuss zur häuslichen Pflege meiner Mutter bereitstellte, verblieb ein deftiger Selbstbehalt. Gestohlen hatte ich nur, weil ich in Rechnungen unterging und keinen anderen Ausweg gesehen hatte. Es würde schön sein, eine Zeit lang den Stecker zu ziehen und nicht an meine Probleme zu denken.

Und dennoch ... »Das ist nicht zu fassen. Es ... ist ... einfach ... verrückt.«

»Nein. Verrückt ist, dass sich eine junge Frau, die noch die ganze Zukunft vor sich hat, vom Pflegen ihrer Mutter derart runterziehen und ruinieren lässt, dass sie ihren langjährigen Arbeitgeber beklaut und sogar mit einem Junkie über die Absicht spricht, Dealerin zu werden. Ich habe gesehen, wie du aufgewachsen bist, und ich lasse nicht zu, dass du dein Leben wegwirfst. Dafür bist du zu wichtig.«

Wieder deutete er an, dass ich etwas Besonderes für ... jemanden war. Für ihn?

»Ich wusste nicht, was ich sonst tun sollte. Häusliche Pflege ist teuer.«

»Was ist mit einer Vollzeiteinrichtung? Der Staat würde die Kosten dafür ...«

»Nein.« Ich erhob die Stimme. »Ich stecke sie nicht in ein Heim.« Tränen traten mir in die Augen. »Wir könnten uns nur das staatliche leisten. Das habe ich mir angesehen. Keine Klimaanlage, und die Bewohner dort haben ausgesehen, als wollten sie am liebsten sterben. Einige habe schon tot gewirkt. Fliegen haben auf ihnen rumgeschwirrt, und niemand hat sich darum geschert, sie zu verscheuchen.« Ich rieb mir mit einer Hand die schmerzenden Augen und drängte die Tränen zurück. »Das mache ich nicht.« Meine Stimme klang sogar für meine eigenen Ohren brüchig.

»Na schön.« Coles Hände kehrten zu meinen Hüften zurück und drückten sie.

»Ich lasse sie nicht hängen. Das hat schon mein Dad gemacht. So bin ich nicht.«

»Du hast recht. So bist du nicht. Du würdest lieber stehlen, als deinen Stolz zu verlieren. Das billige ich zwar nicht, aber ich kann es nachvollziehen. Und Mr. Roberts auch.«

»Was?«

»Er sagt, du kannst das Geld behalten.«

»Ich kann ihn nie wiedersehen«, flüsterte ich geknickt. »Ich könnte ihm nicht in die Augen sehen.«

Wieder drückte er meine Hüften. »Ist schon gut, Süße. Ich helfe dir, das in Ordnung zu bringen. Versprochen.«

»Wie?«

»Dazu kommen wir noch«, erwiderte er und stand auf. »Ich werde dir helfen.«

～

DEN RESTLICHEN TAG verbrachte ich mit dem Versuch, die mit Cole getroffene Vereinbarung in den Kopf zu bekommen. Nach dem Frühstück gab er mir meine mittlerweile saubere Kleidung zurück, dann stiegen wir in seinen Pickup und fuhren zu meiner Mutter.

Sie saß am Tisch und aß Cornflakes wie ein Kleinkind. Auf mich reagierte sie überhaupt nicht.

Aber Matthew, der Tagespfleger, erwies sich als charmant.

Der Wohnwagen meiner Mutter war zwar abgelebt, doch zumindest hielt ich ihn sauber. Coles Blick wanderte durch den Raum. Dabei entging ihm nichts. Mein Gesicht wurde heiß, als ich mein Zuhause in Gedanken mit dem prächtigen Backsteinhaus verglich, in dem Cole aufgewachsen war. Seine Eltern lebten in der Nobelgegend von Licking Hole, bevölkert von Ärzten, Anwälten, Geschäftsleuten. In meinem Viertel kam es jede zweite Nacht zu einem Einbruch oder Hausfriedensbruch.

Cole fing mich am Arm ab, als ich zum Umziehen in mein Zimmer wollte. »Pack eine Tasche«, sagte er. »Für ein paar Nächte.«

Das war einfach. Ich besaß nicht viele Klamotten. Im Badezimmer wechselte ich in einen kurzen Rock und ein Shirt, das eng um meine Brüste anlag. Ich trug sogar Wimperntusche auf, bevor ich mich im Spiegel betrachtete.

»Flittchen«, sagte ich leise zu meinem Anblick.

Wem wollte ich etwas vormachen? Ich konnte nicht so tun, als wollte ich ihn nicht. Sachte drückte ich die Hände auf meine Wangen, als könnte ich so die Röte wegwischen.

Mein kurzer Rock und mein Dekolleté verrieten, dass ich genau wusste, was ich tat. Nach all den Jahren hatte ich einen Fluchtplan. Es mochte nur vorübergehend – und ein wenig schräg – sein, aber letztlich war Cole gekommen, um mich zu retten. Jede wache Minute meiner Kindheit hatte ich versucht, von diesem Ort wegzukommen. Nun bot sich mir ein Ausweg.

Ich hüllte mich in Zuversicht wie in einen Umhang und ging hinaus. Cole warf einen prüfenden Blick auf mein Outfit. Zwar sagte er nichts dazu, doch mir entging nicht, wie er kurz die Lippen zusammenpresste, bevor er das Wort ergriff.

»Können wir los?«

»Ja.« Ich küsste meine Mutter auf die Wange, ehe ich zur Tür eilte und murmelte: »Schaff mich weg von hier.«

WÄHREND DER RÜCKFAHRT suchte ich in Coles Gesicht nach Anzeichen darauf, was er dachte. Das Zuhause meiner Familie musste ihn angewidert haben. Zwar hatte er immer auf mich aufgepasst, dennoch hatte er deutlich zum Ausdruck gebracht, dass wir nicht zusammengehörten.

Einmal hatte eine Gruppe von Jungen beschlossen, mich am örtlichen Schwimmplatz zu behelligen. Ich war damals zwölf. Meine Brüste hatten sich früh entwickelt, weshalb ich viel Aufmerksamkeit auf mich zog. Cole war einst Rettungsschwimmer am Strand gewesen, doch es war reiner Zufall, dass er an dem Tag dort war, an dem meine Peiniger mich umzingelten. Mit einem Wort und einem Blick schickte Cole die Jungs in die Wüste, und ich hatte meinen Helden wieder.

Aber als ich auf ihn zutrat, um ihn zu umarmen, versteifte er sich und wich zurück.

»Du musst vorsichtig sein, Regina«, sagte er.

Mein Blick verfinsterte sich. Ich hatte ja nicht um die dämlichen Brüste gebeten. »Wie du meinst, Cole«, gab ich zurück. Er war damals achtzehn und frisch gebackener Rekrut der Polizeiakademie. Etliche Mädchen hatten regelrecht getrauert, als er sich das blonde Haar abrasiert hatte. Mir hingegen gefiel der helle Kurzhaarschnitt. Ich wollte mit den Händen darüber streichen, um herauszufinden, ob es sich so weich anfühlte, wie es aussah.

Um ihn auf die Probe zu stellen, trat ich einen weiteren Schritt vor. Er wich erneut zurück und schaute weg, als empfände er meine Gegenwart als quälend.

Er war immer noch der brave Goldjunge, während ich das kleine Mädchen mit den dunklen Augen aus der falschen Ecke der Gesellschaft verkörperte.

»Ich kann dich ohnehin nicht leiden. Du bist genauso schlimm wie alle anderen.«

Damals hatte sich Cole zum letzten Mal für mich eingesetzt. Ich fragte mich, was sich geändert hatte.

Als Cole an einer Ampel hielt, rutschte ich auf dem Sitz tiefer. Gott bewahre, dass jemand auf dem Bürgersteig uns zusammen sähe.

»Es wird nicht funktionieren«, murmelte ich zum Fenster des Wagens.

»Wie war das, Regina?«

»Wie das mit der Arbeit funktionieren soll, habe ich gesagt.«

»Was meinst du?«

»Na ja, ich brauche Kohle. Du weißt schon, um Rechnungen zu bezahlen.«

»Darum kümmere ich mich.«

»Cole.« Ich stützte die Hände aufs Armaturenbrett und starrte ihn an, bis er den Blick von der Ampel auf mich verlagerte.

»Ich kümmere mich darum, hab ich gesagt. Du brauchst mal eine Pause. Bis zum Monatsende sorge ich für alles, dann sehen wir weiter.«

Ich legte die Stirn in Falten. Allmählich wurde es ernst. Mit einem versohlten Hintern und irrer sexueller Spannung konnte ich umgehen, aber beim Geld hörte sich der Spaß auf. »Wie lange wird das dauern?«

»So lange es nötig ist«, erwiderte er. Ein Muskel zuckte in seiner Wange.

Ich klopfte auf das Armaturenbrett. »Das ist keine Antwort.«

»So lange, wie wir es wollen«, sagte er heiser. Und wir redeten nicht nur über die Vereinbarung.

»Ist das eine gute Idee?«, fragte ich leise. Wir tanzten noch immer um die Frage herum, wohin dieses Arrangement führen sollte, und damit hatte ich kein Problem. Ich tanzte gern. Aber ich war nicht bereit, die Realität wie Miete und Rechnungen für eine Affäre mit meinem langjährigen Schwarm aufs Spiel zu setzen.

Mit finsterer Miene schaute er zurück auf die Straße. »Wie meinst du das?«

»Du riskierst eine Menge für mich.«

Er erwiderte nichts.

Ich suchte nach einem anderen Grund. »Willst du wirklich, dass mich die Leute mit dir sehen?«

»Warum sollte mich das kümmern?«

Meinte er das ernst? Ein Blick auf mich, und seine erzkonservativen Eltern würden ausflippen. Männer wie Cole gingen nicht mit Reginas aus. Sie waren mit Frauen wie Lucy Litt zusammen und bekamen hübsche blonde Babys, die sie später in die Sonntagsschule schickten.

Wem wollte ich etwas vormachen? Cole und ich waren nicht zusammen. Wir hatten es vielmehr mit einer Situation zu tun, die an Erpressung grenzte, selbst wenn dabei

Sex ins Spiel käme. Er würde mich nie seinen Eltern vorstellen.

Ich seufzte. »Egal. Also kümmerst du dich um die Rechnungen. Ich bleibe bei dir, koche und putze. Spiele das Hausmütterchen wie dein kleines Frauchen.« Mit einem Seitenblick versuchte ich abzuschätzen, ob ihm gefiel, wie sich das anhörte.

»Gut«, sagte er unverbindlich, als wir in seine Einfahrt bogen. »Das wird dich aus Ärger raushalten.«

~

IM HAUS FORDERTE Cole mich auf, mich hinzusetzen und ihm sämtliche Rechnungen aufzuzählen, die ich zu zahlen hatte. Bei einigen hatten sich bereits Rückstände angehäuft.

Was ich Mr. Roberts schuldete, schrieb ich auf ein eigenes Blatt.

Während Cole es betrachtete, bemühte ich mich, meine Tränen zu verbergen.

Er bemerkte sie trotzdem. »Du wolltest ihn nicht bestehlen.«

»Ich musste es tun. Man hätte Ma aus dem Programm geworfen, wenn ich nicht den Mindestselbstbehalt bezahlt hätte.«

»Ist dir nie in den Sinn gekommen, um Hilfe zu bitten?«

»Es hat niemanden gegeben, an den ich mich hätte wenden können.«

»Mr. Roberts?«

»Der hatte mir schon genug gegeben.«

»Und jemand aus der Gemeinde?«

»Ich bin lange nicht mehr in der Kirche gewesen. Dort bin ich nicht wirklich willkommen.«

»Irgendjemanden muss es geben.«

»Nein.« Ich starrte auf meinen Schoß. Musste ich ihm

wirklich erklären, dass meine Familie nicht wie seine war? Wir hatten weder Geld noch Kontakte und wurden auch nicht zum jährlichen Polizeiball eingeladen, einer kleinen, aber geballten Versammlung der Elite von Licking Hole.

Cole holte ein Taschentuch hervor – natürlich besaß er ein Taschentuch – und wischte mir die Augen ab. Ich fühlte mich ziemlich gebrochen.

»Irgendwann«, murmelte er, »wirst du begreifen, dass du es wert bist, Hilfe zu empfangen.«

»Cole ... was soll ich nur machen?«

»Ich helfe dir. Aber du wirst alles tun – und ich meine *alles* –, was ich dir sage.«

Nach einigen Telefonaten kam er zu mir zurück. Ich saß händeringend da.

»Das wird nicht funktionieren. Das mit dir und mir – ich weiß ja nicht mal, was genau du von mir willst.«

»Pst, Süße. Eins nach dem anderen.« Seine Hand auf meinem Nacken brachte mich zum Schweigen. Ich fühlte mich dadurch zugleich unterwürfig und geborgen. »Entspann dich einfach und tu, was ich sage. Denk nicht nach. Höchstens darüber, wie du mich erfreuen kannst.«

»Dich erfreuen?« Mir stockte der Atem. Das wahre Kopfzerbrechen bei unserem Arrangement bereitete mir, wie sehr ich ihn wollte. Und er wollte, dass ich für ihn kochte und putzte? Gut, ich würde es tun. Mit Freuden. Denn allein davon, dass ich mich in seiner Nähe aufhielt, wurde mir schwummrig. Ich wusste bloß nicht, wie lange ich es aushalten könnte, bevor ich brüllen würde: »Jetzt nimm mich schon endlich.« Oder bis ich ihn bespringen würde, wenn er abends vom Dienst nach Hause käme.

Um ihn herum zu arbeiten, würde sich als unmöglich erweisen. So viel frische Unterwäsche zum Wechseln gab es auf der ganzen Welt nicht.

»Ich weiß nicht, was ich von all dem halten soll.«

»Dann denk nicht. Sei einfach.« Er massierte mir den Nacken. »Zu viel Denken hat dich überhaupt erst in diesen Schlamassel gebracht. Du grübelst zu viel. Nicht, dass du es ganz abstellen sollst – mir gefällt, wie intelligent du bist. Aber dein Geist dreht sich im Kreis und braucht eine Pause.« Seine Hand rieb Kreise über meinen Rücken. »Jetzt beruhig dich. Ich muss noch eine Weile zum Revier. Wirst du hier bleiben und brav für mich sein?«

Ich nickte.

»Gutes Mädchen.« Cole küsste mich auf die Stirn. Vollkommen unbefriedigend, aber ich würde mich damit begnügen.

Gott, war ich verliebt in diesen Mann.

»Zuerst will ich deinen Gehorsam auf die Probe stellen. Geh ins Schlafzimmer und zieh die Sachen an, die ich für dich bereitgelegt habe.«

Verärgerung regte sich in mir, aber ich hielt mir vor Augen, dass ich mich dazu verpflichtet hatte.

»Alter Schinder«, grummelte ich leise auf dem Weg ins Schlafzimmer. Ich war neugierig, was für eine Aufmachung ich für Cole tragen sollte.

»Oh Scheiße, nein.« Ich hob das dünne, schwarze und weiße Kleid an. Es handelte sich um das Outfit eines französischen Dienstmädchens samt gerüschter Schürze.

Ich hörte Cole hinter mir. Er war mir gefolgt und rechnete mit einem Wutanfall meinerseits.

»Nein«, stieß ich hervor. »Nein, nein, nein.« Der Stoff fühlte sich seidig und fein an, allerdings war er denkbar knapp bemessen. Zu der Kluft gehörten Seidenunterwäsche und sexy schwarze Stöckelschuhe. Meine Muschi zog sich beim Gedanken zusammen, etwas derart Verführerisches für Cole zu tragen, doch mein Stolz sprach sich strikt dagegen aus. »Nein, Cole. Einfach nur nein.«

»Still.« Er packte mich mit zwei Fingern am Kinn und

hielt mich fest. Bei der Geste durchzuckte mich bebend der Drang, mich ihm zu unterwerfen. »Du wirst dieses Kleid tragen, weil ich es will und du mir gehörst.«

»Ist das irgendeine kranke Fantasie, die ich dir helfe auszuleben?«

»Vielleicht. Trotzdem wirst du tun, was ich will und wann ich es will. Dir mag nicht alles davon gefallen, aber du kannst mir vertrauen. Das weißt du.« Er ließ mich los. »Sag ›Knast‹, und du kannst gehen. Andernfalls ziehst du dich um.«

Ich warf das Outfit auf die Matratze. »Das ist so falsch.«

»Es ist auch falsch, dass eine wunderschöne, intelligente junge Frau ihr Leben wegwirft, nur weil sie zu stolz dafür ist, um Hilfe zu bitten.«

»Das verstehst du nicht, Cole. Mein Stolz ist alles, was ich noch habe.«

»Nicht mehr. Weil ich ihn dir nehme. Und dir dafür so viel mehr schenke.«

»Und was?«

»Frieden.« Er nahm mir die Aufmachung ab und faltete sie sorgfältig zusammen. »Du musst weder denken noch dich sorgen. Um all das kümmere ich mich, Süße. Es wird schwer, aber du kannst es schaffen. Ich glaube an dich. Jetzt zieh dich an, kleine Dienstmagd.« Er versetzte mir einen Klaps auf den Hintern, bevor er zur Tür ging. »Mein Haus putzt sich nicht von selbst.«

Während ich mich umzog, brummelte ich vor mich hin. Ich verspürte zweierlei – tiefe Demütigung, die sich verdächtig in meiner Lendengegend ballte, und widerwillige Einsicht angesichts seiner Worte. Mein Leben glich tatsächlich einem Chaos. Wenn er sich freiwillig dafür anbot, es in Ordnung zu bringen ... Tja, das würde sich noch weisen. Vorerst würde ich mich als sein geheimer Fetisch herausputzen und so tun, als wäre alles bestens.

Es gab Schlimmeres, als Cole beim Ausleben seiner Fantasien zu helfen.

Die Aufmachung passte mir wie angegossen. Das Oberteil lag eng über meinem Busen an, und der Rücken blieb frei. Der Rock war ein Witz, aber die himmelhohen Absätze ließen meine sonst so stummeligen Beine länger wirken. Vor dem Ganzkörperspiegel strich ich den Stoff über meine Kurven glatt.

Ich war nervös. Es erfüllte mich mit einer inneren Unruhe, mich Sheriff Sadist und seiner perversen Fantasie zu stellen. Trotzdem sollte ihm gefallen, was er zu sehen bekommen würde.

Ich wollte ihn erfreuen.

Der Gedanke irritierte mich am meisten.

Zähneknirschend zog ich alles an. Meine Brüste wogten beinah heraus, doch vermutlich ging es ihm genau darum. Nachdem ich zehn Jahre lang versucht hatte, meinen riesigen Vorbau zu verbergen, indem ich im Sommer weite T-Shirts mit sorgsam für die Arbeit ausgewähltem Ausschnitt getragen hatte, empfand ich es als Erleichterung, meine Kurven unverhohlen zur Schau zu stellen.

Ich warf einen Blick in den Ganzkörperspiegel. Heiliger Bimbam. Das Kostüm passte hervorragend zu meiner Sanduhrfigur. Alle Zweifel verflogen, als mir klar wurde, dass ich mich in Coles Haus befand und auf seinen Wunsch hin ein sexy Outfit trug. Nein, auf seinen Befehl hin.

Um Welten besser, als Zeit im Knast abzusitzen.

Inspiriert trug ich etwas mehr Wimperntusche auf und verwischte den Eyeliner ein wenig, um einen sinnlichen Look zu erzielen. »Alles oder nichts.«

Ich stöckelte zurück in die Küche. Cole befand sich auf der anderen Seite des Raums und telefonierte. Seine große Gestalt zeichnete sich als Silhouette im Licht ab, das durch das Fenster einfiel. Mir stockte der Atem beim Anblick seiner breiten Schultern und seines schlanken, aber unübersehbar muskulösen Körpers. Lange Beine, straffe Taille. Sein durchtrainierter Körper füllte die Uniform des Sheriffs perfekt aus – und normalerweise rannte ich weg, wenn ich Uniformen sah. Hilfreich dagegen war, dass unter der schwarzen Standardhose ein tadelloser Knackarsch steckte.

Als er sich leicht zur Seite drehte, konnte ich sein Profil bewundern – ausdrucksstarke Kieferpartie, gebieterische Nase. Es hatte schon einen Grund, warum die Bewohner unserer Kleinstadt ihn bereits im zarten Alter von achtundzwanzig Jahren zum Sheriff gewählt hatten. Seine gesamte Ausstrahlung besagte: »Vertrau mir. Ich bin ein Anführer.« Und auch: »Du legst dich auf eigene Gefahr mit mir an.« Cole Townsend verkörperte das perfekte Gesamtpaket.

Als er mich erblickte, wurden seine Augen groß. Ich trat aus dem Flur und zupfte am Rock meiner Aufmachung, als könnte ich sie dadurch verlängern und mehr von mir bedecken.

Er kam in die Küche und bedeutete mir, mich im Kreis zu drehen. Meine Eingeweide zogen sich zusammen – aber meine Pussy ebenfalls.

Als ich eine Pirouette hinlegte, wankte ich leicht auf den High Heels.

Als ich fertig war, sprach Erstaunen aus seinem Gesicht.

»Ich rufe zurück«, sagte er und beendete sein Telefonat. Mit schiefgelegtem Kopf musterte er mich vom Scheitel bis zur Sohle.

»Ich finde, es passt recht gut.« Mein Gesicht fühlte sich gerötet an.

Die Lust in seinen Augen verriet mir, *wie* gut es mir stand.

Er rückte näher, und mir kam die verrückte Idee, vor seinem Blick eines Raubtiers zurückzuweichen.

Meine Wangen wurden noch heißer, als er über mir aufragte und keine Handbreite mehr zwischen uns gepasst hätte. Er fasste nach unten und zupfte mein Outfit zurecht. Mit den Händen an der Seite ließ ich ihn gewähren.

»Du bist wunderschön, Regina. Entspann dich.« Seine Finger hielten mich zart fest.

»Ich komme mir bloßgestellt vor.«

»Hier bin nur ich.« Er lächelte, und ich stieß den Atem aus. Mir war nicht bewusst gewesen, dass ich ihn angehalten hatte. Er drehte mich weiter hin und her, bewunderte den schwarzen Satin über den Erhebungen meiner Brüste und meines Hinterteils. »Das solltest du immer tragen.«

»Wirst du mich dazu zwingen?«

»Vielleicht«, erwiderte er beinah nachdenklich. »Steht dir wirklich ausgezeichnet.«

Ich streckte ihm die Zunge heraus.

Er kniff mich in die Nase. »So nicht. Mach das noch mal, und ich lasse dich die Hausarbeiten mit einer Wäscheklammer auf der Zunge erledigen.«

»Das werde ich machen? Hausarbeit?«

»Was denn sonst?« Er zog die Brauen hoch, als wollte er mich vor Widerspruch warnen.

Seufzend hielt ich den Mund.

Er zeigte mir den Schrank mit Reinigungsbedarf. »Ich muss zur Arbeit, aber du kannst loslegen.« Er reichte mir einen Staubwedel. »Putz von oben nach unten, damit du den Staub nicht über Stellen verteilst, die du schon ...«

»Ich weiß, wie man putzt«, fiel ich ihm ins Wort. Als ich den Staubwedel entgegennahm, hielt ich ihn wie ein Schwert und stellte mir vor, damit auf ihn einzustechen.

Langsam nickte er. Dann legte er mir die Hand auf den Nacken, drückte mich nach vorn und schlug mir auf den Hintern. Kräftig.

Ich schrie spitz auf. »Wofür war das denn?«

»Für gar nichts«, antwortete er. »Wollte nur sehen, wie du mit einem roten Handabdruck auf dem Hintern aussiehst. Jetzt weiß ich es.«

Damit schnappte er sich seine Sachen und musterte mich noch einmal von oben bis unten. Ich machte keinen Aufstand. Ein Teil von mir hatte das Gefühl, ich hätte es sogar verdient, zutiefst gedemütigt in der Küche meines Jugendschwarms zu stehen.

»Mach dich ans Putzen.«

BEIM STAUBWISCHEN NUTZTE ich die Gelegenheit, um in Coles persönlichen Dingen zu stöbern. Wo ich auch nachsah, überall fand ich ausschließlich Hinweise darauf, dass Cole durch und durch der integre, aufrechte Staatsdiener war, für den ihn alle hielten. Sämtliche Zimmer erwiesen sich als ordentlich und sauber, was mir die Arbeit erleichterte. Alles hatte seinen Platz, vom Werkzeug im Vorraum bis hin zu den penibel gefalteten Kleidungsstücken in der Kommode. Keine Leichen im Keller. Ich hatte nachgesehen – zweimal. Sogar sein Mülleimer war sauber.

Allmählich beschlich mich die Vermutung, er könnte kein Mensch sein.

Ich gab das Abstauben auf – Staub schien sich nicht zu trauen, das Haus dieses perfekten Mannes zu besudeln – und erhaschte einen Blick auf mich im Ganzkörperspiegel. Die Anstrengung hatte Farbe in meine Wangen gezaubert, trotzdem wirkte ich in der weißen Spitze und dem schwarzen Satin unverändert elegant und cool. Der Stoff fühlte sich weich an und ließ mich meinen drallen, weiblichen Körper besonders bewusst wahrnehmen.

Mir kam der Gedanke, dass ich auf perverse Weise meine eigene Fantasie ebenso auslebte wie Cole die seine.

Als unartiges Dienstmädchen im Haus des brandheißen Sheriffs herumzustöckeln, hätte unter anderen Umständen das Geilste sein können, was ich je getan hatte.

Moment ... Tatsächlich *war* es das Geilste, was ich je getan hatte.

Meine Hände wanderten schneller über meinen Körper. Ich streichelte meine Brüste, bewunderte ihre Erhebungen unter dem seidigen Stoff. Dann drehte ich mich um, hob den Rock an, betrachtete meinen Hintern. Dabei stellte ich mir vor, ihn für Cole zu entblößen ...

Mittlerweile strahlte mein Gesicht vor Erregung. Ich sank auf das große Bett, berührte mich und malte mir aus, wie sich Coles schlanker Körper auf mir bewegte, die Schultermuskeln angespannt, die Arme zu beiden Seiten meines Kopfs abgestützt. Seine Augen würden tief in meine blicken, und er würde zustoßen ...

In Sekundenschnelle kam ich. Heiße Nässe lief mir über die Hand.

»Gott«, stieß ich atemlos hervor. Nur ein Orgasmus linderte meine Erregung kaum.

Ich war so geil und als Coles feuchter Traum verkleidet. Er sollte besser bald zurückkommen, sonst würde ich etwas anstellen, um dafür zu sorgen.

Zum Beispiel sein Haus in Brand stecken.

Ich stapfte durch die Räume und fuhr mit dem Staubwedel praktisch blind in die Ecken. Meine verzweifelte Geilheit ließ mich finster dreinschauen.

Verdammter Cole. Wer war dieser Mann, dass er mich so gründlich erniedrigen konnte und es mir auch noch gefiel?

Meine einzige Hoffnung auf Flucht bestand darin, irgendetwas Kompromittierendes über ihn zu finden und ihn damit zu erpressen. Unter seinem Bett entdeckte ich eine verschlossene schwarze Schatulle, im Vorraum eine weitere, kleinere. Da ich kein Schlosser war, konnte ich sie nicht öffnen, um darin nach Beweisen für seine Perversion zu suchen. Peitschen, Ketten, Flogger, vielleicht sogar Plüschhandschellen. Aber abgesehen von dem Kostüm eines versauten Dienstmädchens fand ich nichts. Und das trug ich gerade, also verkörperte ich streng genommen den deutlichsten Beweis für Coles Fetisch.

Ein Arbeitszimmer gab es nicht, aber auf einem Polsterhocker lag ein schwarzer Laptop. Er sah nicht nach einem offiziellen Polizeigerät aus, demnach musste es Coles persönliches Exemplar sein. Ich staubte um den Rechner herum ab.

Der Anblick führte mich in Versuchung. Wollte ich wirklich einen Browserverlauf voller Fetischpornos sehen?

Die knappe Antwort: Ja.

Nur stellte sich heraus, dass der verfluchte Laptop über einen Passwortschutz verfügte.

Plötzlich öffnete sich die Haustür, und ich rappelte mich hastig auf. Wie konnte er so leise vorfahren?

An der Schwelle blieb er stehen und sah sich um. Irgendwie wusste ich, dass er ahnte, was ich vorgehabt hatte.

»Interessante Zeit gehabt, während ich weg war?«

»Ja.« Ich straffte die Schultern. »Du warst in der Endausscheidung für den Titel des ordentlichen Kerls der Welt, bist aber daran gescheitert, dass dein Gewürzschrank nicht alphabetisch sortiert ist.«

»Darum kannst du dich morgen früh kümmern.« Sein Blick richtete sich auf den Laptop.

Ich zuckte zusammen, als mir klar wurde, dass er nicht an derselben Stelle lag, an der ich ihn gefunden hatte. »Wollte meine E-Mails abrufen.«

Er zog die Augenbrauen hoch, schwieg jedoch, als er hinging und sein Passwort eingab. Seine langen Finger flogen über die Tasten. Er besaß schöne Hände, anmutig und schlank. Als er mir den Laptop zudrehte, tat ich so, als hätte ich nicht hingestarrt.

Von seinem Vertrauen beschwichtigt, rief ich meine E-Mails ab. Allerdings schnüffelte ich ein wenig herum, als er das Zimmer verließ, um sich umzuziehen. Im Browserverlauf befand sich nichts, er war eindeutig erst unlängst gelöscht worden. Dafür entdeckte ich auf dem Desktop ein Dokument mit der Bezeichnung »Privat«.

Als ich es öffnete, erwies es sich als Aufstellung von Aufgaben, jeweils einem Tag zugeordnet.

Coles Hände legten sich auf meine Schultern, und ich erschrak.

»Ich möchte, dass du dich an einen Zeitplan hältst.«

»Okay«, hauchte ich etwas atemlos durch seine Nähe. »Badezimmer, Küche ... Wann staube ich im Verlies ab? Oder lässt du das deine anderen Sklavinnen machen?«

»Kein Verlies. Keine anderen Sklavinnen. Du bist die erste.« Er spielte mit den Haaren in meinem Nacken, und jeder Teil von mir reagierte darauf. Vor allem meine Klitoris. Es fühlte sich an, als hätte ich nie masturbiert.

Ich schloss den Laptop. »Cole.«

»Ja?«

»Wann werden wir ... du weißt schon was?« Seine eleganten Finger streichelten meinen Nacken und jagten kribbelnde Beben durch meinen Körper. Ich drehte ihm den Kopf zu. »Du bringst mich gerade um.«

»Tatsächlich?«

»Wenn ich vor Lust sterbe, ist das Totschlag.«

»Viel Glück dabei, Geschworene davon zu überzeugen, mich zu verurteilen.« Er schlang die Arme um mich und schmiegte sich an meinen Hals.

»Sie würden dich verurteilen.« Seine Lippen berührten meine Haut, und ich schnappte unwillkürlich nach Luft.

»Ein Blick auf dich, und sie werden wissen, dass du ein Herzensbrecher bist.«

Er küsste meinen Hals und zog den Ausschnitt zur Seite, um meine Schulter zu entblößen. Seufzend lehnte ich mich rückwärts an ihn, überwältigt von Verlangen.

»Cole, bitte.«

»Bitte was, Regina?«

»Äh ...«

»Benutz Worte.«

»Ich kann nicht ...«

Spontan wirbelte ich herum und drückte den Mund auf seinen. Er erwiderte den Kuss, hob eine Hand und krallte sie in mein Haar. Seine Lippen gebärdeten sich fordernd.

Dann zog er meinen Kopf mit einem Ruck zurück. »Genug«, sagte er und stand auf. Ich blieb feucht und keuchend zurück.

Und fühlte mich betrogen.

»Cole?« Ich starrte auf seinen straffen Rücken, die starre Linie seiner breiten Schultern.

»Ja, Regina?«

Ich drängte Tränen zurück. Diese Erfahrung empfand ich als erniedrigender und schmerzhafter als alles andere in den vergangenen vierundzwanzig Stunden zusammen. »Willst du mich nicht?«

Cole reagierte sofort darauf. Er drehte sich um, hob mich in seine Arme und setzte sich wieder auf die Couch. »Das ist es nicht, Süße. Du bist wunderschön.«

»Aber was ...« Mir stockte der Atem, als mich Schmerz durchzuckte. »Warum lässt du mich das machen, wenn du keinen Sex mit mir willst?« Meine Klitoris pulsierte unglücklich.

»Sch-sch, Süße«, machte er. »Es liegt nicht an dir. Sondern an mir. Ich will einfach alles perfekt haben.«

»Erfreue ich dich?«

Seine Arme verstärkten den Griff um mich. »Ja. Mein Gott, ja, und wie du mich erfreust. Du bist alles, was ich je wollte.«

Ein erdrückendes Gewicht hob sich von mir. Von einer selbstsicheren, unabhängigen, berufstätigen Frau zu einem zerzausten Sexobjekt degradiert zu werden, hätte sich beunruhigend anfühlen müssen – doch mit Cole tat es das aus irgendeinem Grund nicht. Es war vielmehr, was ich mir immer gewünscht hatte.

»Warum dann?«

»Weil alles perfekt sein muss. Und richtig. Ich brauche die Dinge auf eine ganz bestimmte Weise.«

Ich seufzte schwer. »Okay.«

Er drückte mir einen kleinen Kuss direkt unter das Ohr. »Glaubst du mir?«

»Ja. Es tut zwar weh, aber ... ich vertraue dir. Du bist der schlimmste Kontrollfreak, den ich kenne. Sogar deine Unterwäsche faltest du.«

»Nicht mehr. Das ist jetzt deine Aufgabe.«

Ich stimmte ein gespieltes Stöhnen an und lockerte so die ernste Stimmung auf – zumindest, bis er mich erneut küsste und mir damit den Atem raubte.

»Komm, kleine Dienstmagd. Zeit zum Abendessen.«

Ich spürte, wie mir Coles Blick durch die Küche folgte, während ich das Abendessen zubereitete. Er hatte eine Aktentasche bei sich und sah Unterlagen durch. Doch jedes Mal, wenn ich zu ihm schaute, ertappte ich ihn dabei, dass er mich anstarrte. Vielleicht übertrieb ich ein wenig die Hüftbewegungen, während ich zwischen dem Kühlschrank und dem Herd hin und her stöckelte. Ich redete mir ein, es läge an den High Heels. Denn ich wollte mir nicht eingestehen, wie sehr mir seine Aufmerksamkeit gefiel.

Er hatte behauptet, sich zu mir hingezogen zu fühlen, und in dem Moment konnte ich es spüren. Die sexuelle Spannung schien beinah greifbar zu sein. Nahm er das nicht wahr?

Vielleicht war er ein Roboter.

Ich brummelte vor mich hin, als ich Eier in eine Schüssel aufschlug.

»Was hast du gesagt, Regina?«

»Nichts.«

»Was machst du gerade?«

»Abendfrühstück. Also Frühstück zum Abendessen. Ich hab in deiner Speisekammer nachgesehen. Viel steht nicht zur Auswahl.«

»Stell eine Liste zusammen, dann gehe ich einkaufen.«

»Du willst mich so nicht in den Supermarkt schicken?« Ich machte einen halben Knicks. »Wäre aber egal. In der Stadt hält man mich ohnehin für meschugge. Ich kann ja sagen, es ist ein Forschungsprojekt für mein Psychologiestudium.«

»Ich will nicht, dass dich außer mir jemand ansieht.«

»Daran bin ich gewöhnt. Mir sind schon mit dreizehn Brüste gewachsen. Das ist den Männern aufgefallen.«

»Daran musst du mich nicht erinnern«, murmelte er.

Hm.

Ich wandte mich wieder dem Braten der Würstchen in der Pfanne zu. »Willst du mich deshalb nicht vögeln? So was wie Buße dafür, dass du mich knallen wolltest, als ich noch minderjährig war?«

Ihn zu provozieren, zeigte Wirkung. Er steckte seine Arbeitsunterlagen zurück in die Aktentasche und schloss sie mit einem Schnappen.

»Nein. Und achte auf deine Ausdrucksweise. Noch mal warne ich dich nicht.«

Er wirkte frustriert. Gut.

Ich stellte den Teller ab. »Du kannst ruhig schon anfangen. Ich bin nicht so hungrig.«

»Du musst essen.«

»Ich hab nur auf eins Appetit.« Ich bedachte ihn mit einem vielsagenden Blick.

»Wie du willst«, sagte er und haute rein. Unglaublich. Ich bewegte mich wie Mr. Waltons feuchter Traum durch Coles Haus, und er ignorierte mich. Er *ignorierte* mich! Ich stampfte zurück zur Pfanne, wild entschlossen, seine Eier zu verbrennen.

»Regina, ich denke, die sind fertig.«

»Noch eine Minute.« Ich ging zur Speisekammer.

Als ich zurückkehrte, erwartete Cole mich mit finsterer Miene am Herd, die Arme vor der Brust verschränkt. Er hatte die Kochplatte ausgeschaltet. Ein bläulicher Dunst trieb durch die Küche.

Perfekt.

»Lässt du öfter etwas auf dem Herd, während er an ist?«

»Schon möglich. Ich werde leicht abgelenkt.«

Er packte mich am Handgelenk und zog mich zum Küchentisch. Dort legte er mich über seine Knie, und ich biss die Zähne zusammen, um ihn nicht wüst zu verfluchten.

Verflixt. Den Teil hatte ich nicht durchdacht.

»Ich denke, du brauchst eine Lektion in Sachen Sicherheit.«

»Du kannst mir nicht dafür den Hintern versohlen, dass ich das Abendessen verbrannt habe!«

»Ich versohle dir nicht den Hintern.«

»Warum liege ich dann mit dem Arsch nach oben auf deinem Schoß?« Ein widerhallendes Klatschen auf eine

Pobacke erinnerte mich daran, dass ich auf meine Ausdrucksweise achten sollte.

»Mit dem Allerwertesten nach oben«, sagte ich schnell. »Dem Gesäß. Dem Po, der Kehrseite, dem Pürzel.«

»Bist du fertig?«

Ich überlegte kurz. »Dem Steiß.«

»Ich versohle dich nicht.«

»Nein?«

»Nein.« Seine Hand wanderte zwischen meine Beine. »Ich schenke dir einen Orgasmus.«

»Was?« Ich wollte mich aufbäumen, doch seine starken Hände hielten mich unten. Er fixierte meine Handgelenke so am Kreuz, dass ich nur mit den Beinen strampeln konnte. »Das ist nicht in Ordnung.« In dem Moment erschien mir ein Orgasmus durch Cole schlimmer als ein versohlter Hintern.

»Schhh.« Seine freie Hand strich über meinen Schenkel.

»Entspann dich, Regina. Gib dich mir hin.« Lange, kundige Finger strichen über meinen Slip. Langsam, so unglaublich langsam wanderte einer unter den Saum und streichelte die Nässe darunter.

»Cole.« Ich zuckte.

»Halt still.« Er beugte sich über meinen Rücken, während sein Finger eine Symphonie um meinen Kitzler spielte und genau die richtige Stelle traf.

Mir verschlug es die Sprache. Ich hielt den Atem an. Mein gesamtes Wesen konzentrierte sich ausschließlich auf die hauchzarte Berührung.

»So werde ich dich behandeln«, sagte er mit leiser, sanfter Stimme. »Jedes Mal, wenn du dich danebenbenimmst, gebe ich dir, was du brauchst. Das kann ein versohlter Hintern sein oder stille Zeit in der Ecke zum Nachdenken darüber, was du getan hast.« Ich wimmerte und wand mich leicht, doch er verstärkte nur den Griff um meine Handgelenke und drückte den Arm gegen meinen Rücken. Seine andere Hand hörte dabei nicht mit den flatternden Bewegungen an meiner Lustperle auf.

»Ich habe die Kontrolle. Ich treffe die Entscheidungen. Du fügst dich. Und ob du brav oder ungezogen bist, du gehörst mir.«

Beim letzten Satz zog sich alles in mir zusammen, und ich kam heftig.

»Braves Mädchen.« Er rieb Kreise über meinen Hintern, während ich schlaff über seinem Schoß lag.

»Oh mein Gott. Das war ... Ich glaub, ich hab ein bisschen auf deinem Boden gesabbert.«

Er ließ meine Handgelenke los und half mir auf. Mein Körper kribbelte noch von seinen Berührungen, und ein Teil von mir wollte in seine Arme sinken.

Es fiel mir zunehmend schwerer, ihn nicht leiden zu können.

»Fühlst du dich jetzt besser?«, erkundigte er sich und stellte mich auf die Beine.

»Ja, Sir.«

Schmunzelnd kraulte er mich unter dem Kinn. »Ich wusste, das würde dich zur Vernunft bringen.«

»Mehr«, hauchte ich.

Die Welt neigte sich, als mich Cole über seine Schulter warf und mich ins Schlafzimmer trug. Freudig strampelte ich mit den Beinen – bis er mich abstellte und ich seine finstere Miene bemerkte.

»Regina, hast du heute Morgen das Bett gemacht?«

»Ja«, rechtfertigte ich mich. Natürlich hatte ich die Laken ein wenig zerknittert, als ich mich mit mir selbst vergnügt hatte, doch ich hatte nicht vor, ihm das zu gestehen.

Musste ich auch nicht. »Du hast an dir rumgespielt.« Seine langen Finger strichen über die Bettdecke.

Wie er es erraten hatte, konnte ich mir nicht erklären, aber leugnen konnte ich es ebenso wenig. »Na?« Ich entschied mich für Unverblümtheit. »Ich habe Bedürfnisse.«

Cole bewegte sich blitzschnell, und ich landete mit dem Gesicht nach unten, halb auf seinem Schoß, halb auf dem Bett. Mein Kopf wurde in die Matratze gedrückt, als er die Hand zwischen meine Beine legte.

»Das hier gehört mir. Deine Orgasmen gehören mir.« Seine vor wenigen Minuten so sanften Finger drangen schnell und hart in mich ein. Mein Körper war noch bereit, deshalb schmerzte es nicht, trotzdem erstarrte ich. »Ohne meine Erlaubnis fasst du dich nicht an. Hast du verstanden? Sag: *Ja, Sir.*«

»Ja Sir«, hauchte ich.

»Braves Mädchen.« Sein Daumen strich über meine bereits pralle Klitoris – sie bettelte förmlich um einen weiteren Höhepunkt, das kleine Flittchen. Nachdem er mich einige Sekunden lang berührt hatte, zuckten meine Hüften und flehten um mehr. Er klatschte mir auf die Rückseite des Oberschenkels. »Habe ich gesagt, dass du kommen darfst?«

»Nein, Sir. Es ist nur ... du machst das so gut. Die meisten Männer könnten selbst mit 'nem Navi nicht den Weg zur Klitoris finden.«

»Tatsächlich?« Er klang belustigt. Wieder wirbelten seine Finger über meine so empfindsame Stelle.

»Gott, ja.« Eine weitere Runde, dann tauchte er einen Finger in mich. Ich erschlaffte. Er fügte weitere Finger hinzu und fickte mich so, bis ich mich erneut auflöste.

Und immer noch wollte ich mehr.

»Erstaunlich. In den letzten zehn Minuten hast du mir mehr Orgasmen beschert als alle meine bisherigen Lover zusammen.«

Cole lachte leise und wischte die nassen Finger an der

Rückseite meines Oberschenkels ab. »Gern zu Diensten. Wie sagt man?«

»Bitte mehr.«

Diesmal klatschte er mir auf den Hintern. »Wie wär's stattdessen mit ›danke‹?«

»Wohl eher ›Pranke‹, so, wie du mich ... Aua!« Ich zuckte zusammen, als er mich abermals schlug, härter als davor. »Danke! Danke! Fickst du mich jetzt?«

»Nein. Schlafenszeit.«

»Was?« Ich hob den Kopf und spähte zur Uhr. »Es ist gerade mal elf!«

»Wir müssen um halb fünf aus den Federn.«

»*Wir?*«

»Ja. Steht in deinem Zeitplan.«

Ich schmollte, als er mich zwang, mir die Zähne zu putzen und mich aufs Bett vorzubereiten. Durch Cole empfand ich derlei gewöhnliche Handgriffe als irgendwie aufregend. Seine Größe, sein Geruch, wie er mich an die Tür gelehnt beobachtete, sein leicht hochgerutschtes T-Shirt, das einen Ausschnitt seiner straffen Bauchmuskeln offenbarte – allein seine Nähe geilte mich wie ein sinnliches Vorspiel auf. Als wir ins Bett gingen, lechzte ich regelrecht danach.

»Also schlafen wir wieder zusammen? Ich dachte, das wäre letzte Nacht etwas Einmaliges gewesen.«

»Ich habe nur ein Bett.«

»Weißt du, wenn wir schon zusammen schlafen ... können wir genauso gut miteinander schlafen.« Ich wackelte mit den Augenbrauen.

»Nicht miteinander. Nur schlafen.« Er hob mich hoch und legte mich ins Bett, bevor er sich neben mir niederließ.

»Hast du vor, mich so aufzugeilen, dass ich tue, was immer du sagst? Denn das funktioniert.«

»Ich habe dir gerade einen Orgasmus geschenkt.«

»Genau. Ich hatte zwei und du keinen.«

Er rollte mich so auf die Seite, dass ich von ihm abgewandt lag, dann schmiegte er sich an meinen Rücken. »Gern geschehen. Jetzt schlaf.«

Für einen Moment verharrten wir so. Ich genoss die Wärme, die aus seinem langen, harten Körper in mich sickerte. Dann presste ich mich an ihn.

»Sheriff Townsend«, säuselte ich und wackelte mit dem Hintern. »Dein ... Schlagstock ... pikt mich.«

»Ich habe keinen Schlagstock.«

»Oooooh, ich Glückliche.«

»Regina.«

Ich schmiegte mich an ihn. »Treibst du's jetzt endlich mit mir?«

Er stützte sich auf einen Ellbogen und blickte auf mich herab. Seine Miene wirkte enttäuscht. Das merkte ich sogar in der Dunkelheit.

»Nein«, antwortete er schließlich. »Schlaf jetzt.«

»Ich will nicht schlafen. Ich will, dass du mich mit deinem Mannsprügel pfählst.«

Statt zu lachen, rollte er sich auf den Rücken und stöhnte.

»Cole? Alles in Ordnung?«

Er stand mit seinem Kissen auf.

»Bitte, Regina, schlaf jetzt einfach.«

Grummelnd schaltete ich das Nachttischlicht ein. Ich war dermaßen geil, dass ich wütend wurde. Denn ohne Wut hätte ich geweint, weil ich im Bett dieses wunderschönen Kerls lag und er immer noch nicht mit mir schlafen wollte. Offenbar war ich so abstoßend.

»Was zum Henker stimmt nicht mit dir? Weißt du, man kann Ehrgefühl auch übertreiben. Ich bin in deinem Bett, wir haben die eine oder andere Perversion ausgelebt, aber

Sex dürfen wir nicht haben? Ist ja nicht so, als wären wir beide noch Jungfrauen.«

Er stieß den Atem aus. »Eigentlich ...«

»Wie bitte? Bist du noch Jungfrau? Oh mein Gott, Cole.« Mir blieb der Mund offen stehen, doch ich brachte kein Wort mehr heraus.

Er fuhr sich mit der Hand über den Kopf.

Schließlich fand ich die Stimme wieder. »Bist du verrückt? Du bist achtundzwanzig! Warte ...« Ich spürte einen kleinen Anflug blanken Entsetzens. »Sparst du dich für die Ehe auf?«

»Wollte ich.«

»Himmel ...« Mir fehlten die Worte. Ich fand es unvorstellbar, dass der heißeste Mann, der mir je untergekommen war, es noch nie getan hatte. Frauen überall in Licking Hole würden in Trauer ausbrechen, wenn sie davon wüssten. »Du hast dir die Lektionen in der Sonntagsschule wohl ziemlich zu Herzen genommen.«

»Das ist es nicht. Ich hab schon andere Dinge gemacht, nur hatte ich halt noch keinen Geschlechtsverkehr. Ich habe die Entscheidung getroffen, dass ich dafür jemand Besonderen will.«

Natürlich. Cole war genau der Typ für ein solches Gelübde.

»Also wartest du auf die Ehe.«

»Nein. Nur auf die Richtige.«

Die Richtige, begriff ich mit einem Stich im Herzen. Er versuchte mir gerade schonend beizubringen, dass ich es nicht war. Was heftiger schmerzte, als ich gedacht hätte.

»Es muss nicht in der Hochzeitsnacht sein«, fuhr er fort. »Ich will nur, dass es richtig wird. Ist das seltsam?«

»Nein, es ist in Ordnung, Cole. Ich versteh's. Es ist so ... typisch du. Denn du hast immer einen Plan.«

Er setzte sich wieder aufs Bett. »Ich hätte nicht gedacht, dass es so lange dauern würde.«

»Aber du hattest schon Dates, oder?«

»Ja, und ich hab auch rumgemacht. Nur habe ich damit aufgehört, als mir klar geworden ist, dass ich dadurch vielleicht falsche Signale aussende. Durch die Wahl zum Sheriff und meine Karriere hatte ich in den letzten Jahren ohnehin wenig Zeit für Verabredungen. Also hat sich das Thema von selbst erledigt.«

Nur hatte er dadurch so viele versaute Fantasien aufgestaut, dass er die erstmögliche Frau erpresste, um sie auszuleben. Nicht, dass ich mich darüber beschwerte. Nach dem ersten Schock gefiel es mir tatsächlich.

Ich fand es nur schade, dass ich nicht mehr als perverse Erniedrigung bekommen würde.

»Tja, wer auch immer die Glückliche wird, ihr steht ein Hochgenuss bevor!«, meinte ich erzwungen unbekümmert.

»Regina ...«

Ich fiel ihm ins Wort. »Weißt du, ich bin jetzt echt müde. Und in fünf Stunden müssen wir aufstehen. Zeit zum Schlafen, jungfräulicher Kerl.«

Damit warf ich mich herum, schaltete das Nachttischlicht aus und drückte das Kissen mit aller Kraft.

Er hatte gesagt, zum Rummachen wäre er bereit. Irgendein kranker Teil von mir wollte herausfinden, wie weit ich ihn treiben könnte.

Tief in meinem Innersten wusste ich, dass es für ihn ein Spiel darstellte. Eine Möglichkeit, sich gleichsam die Hörner abzustoßen. Dafür war Cole Townsend hochgradig überfällig. Nur gehörten die Cole Townsends der Welt nicht zu einer Frau wie mir. Ich konnte zwar mitspielen und mich dabei vergnügen.

Aber etwas Echtes würde daraus nie werden.

6

FÜNF UHR morgens erwies sich als *wirklich* früh. Nachdem ich mich zwanzig zusätzliche Minuten unter dem Kissen versteckt hatte, musste Cole mich aus dem Bett schleifen. Er hatte sich bereits rasiert und geduscht, roch frisch, sauber und männlich.

Das Frühstück ließ er mich zubereiten.

»Du wirkst putzmunter«, murmelte ich, während ich ihn beim Essen beobachtete.

»Bin auch schon eine Weile wach. Ich war bereits laufen.«

»Du warst laufen? Wieso? Hat dich ein großer, böser Hund gejagt?«

Er lachte nicht. »Demnach treibst du wohl keinen Sport.«

»Diese Kurven habe ich nicht davon, dass ich faul rumsitze. Oh, warte – doch, schon.«

»Dazu wirst du nicht mehr viel kommen.« Er erhob sich und wandte sich zum Gehen. »Hast du deinen Zeitplan?«

»Ja. Heute öle ich sämtliche Flogger ein und poliere anschließend das Foltergestell.«

»Beides besitze ich nicht ... noch nicht. Ich bin heute bis

zum späten Nachmittag unterwegs, also benimm dich. Sonst ...«

Erregung durchzuckte mich. »Sonst was?«, rief ich ihm nach.

»Sonst füge ich deinem Zeitplan einen frühmorgendlichen Lauf hinzu.« Er winkte mich mit einem Fingerzeig zu sich, und ich folgte ihm ins Schlafzimmer. Unterwegs lamentierte ich vor mich hin.

»Cole, ich kann nicht laufen gehen. Sport-BHs in meiner Größe gibt's nicht. Meine Möpse würden mir ins Gesicht klatschen. Wahrscheinlich würden sie mich bewusstlos schlagen oder mir ein blaues Auge verpassen.«

Cole blieb am Fußende des Betts stehen. Er schnippte mit den Fingern und zeigte auf eine Stelle am Boden vor ihm.

Ich ging hin und grummelte dabei unablässig. Sobald ich mich nah genug befand, streckte er die Hand aus und zog mich über seinen Schoß. Drei harte Schläge prasselten durch den Pyjama auf meine Hinterbacken ein.

»Das ist dafür, dass du es dir gestern selbst besorgt hast. Ab sofort bin nur noch ich derjenige, der dich zum Kommen bringt.«

Ich wartete, bis er mir den Rücken zukehrte, bevor ich ihm die Zunge zeigte. Er kam mit dem Dienstmädchenkostüm zurück.

»Nein, nicht das schon wieder ...«

»Regina.«

»Na schön.«

»Ich bin dann jetzt weg. Sei brav.« Er küsste mich seitlich auf den Kopf. Und obwohl ich zähneknirschend dastand, durchzuckte mich ein kleiner Schauder. »Wenn du dich anfasst, während ich weg bin, besorge ich einen Gürtel für dich.«

»Einen Gürtel?«

Er zückte das Handy und zeigte mir ein Bild eines Keuschheitsgürtels aus Metall. Wenn er ein solches Foto parat hatte, dann hatte er vermutlich noch eine ganze Liste ähnlicher perverser Dinge auf Lager.

Irgendwie erregte mich der Gedanke.

»Das löschst du besser, bevor du zur Arbeit gehst. Was, wenn es jemand sieht?«

Er lachte leise. »Du solltest dir lieber den Kopf über die Fotos von dir zerbrechen, die ich auf dem Handy habe.«

»Cole! Das ist Erpressung«, klagte ich, als wäre alles, was er bisher getan hatte, astrein gewesen.

»Wird es dazu beitragen, dass du dich benimmst?«

»Vielleicht.«

Er schwenkte einen Finger vor mir. »Bei dir brauche ich jede Hilfe, die ich kriegen kann.«

»Na schön«, grummelte ich. »Ist ja dein Ruf. Ich hab keinen zu verlieren.«

Er runzelte die Stirn. »Was meinst du damit?«

»Genau das, was ich sage. Du bist der Sheriff, ich bin bloß 'ne College-Abbrecherin und hab gerade den einzigen anständigen Job verloren, den ich wohl je bekommen werde. Mir bleibt nichts anderes, als zu klauen und Gras zu verhökern.«

Er schüttelte den Kopf.

Dummerweise entging mir die Gewittermiene, die sich in seinem Gesicht zusammenbraute. Deshalb plapperte ich munter weiter. »Bei genauerer Überlegung wäre die beste Möglichkeit für mich, anschaffen zu gehen.«

Seine Züge verhärteten sich zu einem beängstigenden Ausdruck. »Das wird nicht passieren. Regina«, sagte er scharf, als ich mich abwandte. »Komm her.«

Ich ging zu ihm und kam mir dabei vor wie eine ins Büro des Direktors gerufene Schülerin.

Er tippte mir unters Kinn und zwang mich, ihn anzusehen. »Ich sage dir jetzt mal was, Regina. Du bist klug. Aber du hattest schon immer ein Problem mit Autorität.«

»Nein, Autorität hatte immer ein Problem mit mir. Ich bin von Anfang an Abschaum aus dem Wohnwagenpark gewesen, weißt du noch? Niemand hat mir je zugetraut, etwas im Kopf zu haben.«

»Du hast recht, ja«, sagte er nach einer Pause. »Aber du hast die Erwartungen immer übertroffen. Nur jetzt versuchst du, sie zu unterschreiten. Und wie gesagt, du bist überdurchschnittlich intelligent. Das bedeutet, wenn du es drauf anlegst, könntest du dich tief in die Tinte reiten. Du bist nämlich schlau genug, dich nicht erwischen zu lassen.«

»Also machst du das alles nur, um die Entstehung eines potenziellen kriminellen Genies zu verhindern?«

Der Ansatz eines Lächelns milderte seine Züge. »Genau.«

Ich stieß die Luft aus. Cole Townsend sollte mich nicht als sein persönliches Rehabilitationsprojekt ansehen. Ich wollte sein schmutziges kleines Geheimnis sein. »Kein Wunder, dass du gedroht hast, mich mit Handschellen ans Bett zu fesseln.«

»Ich will dich hier, wo ich dich im Auge behalten kann. Und ich will nicht, dass sich deine Gedanken überschlagen. Du sollst völlig auf mich konzentriert bleiben.«

Kein Problem, Hengst.

»Okay«, sagte ich und trat näher zu ihm. Cole trug kein Eau de Cologne, dennoch roch irgendetwas an ihm – sein Duschgel oder seine Seife – fantastisch. Ich atmete tief ein und stellte mir all diese Muskeln nass vom Wasser der Dusche vor. Frisch gewaschener Cole, mmm …

»Ach, und Regina …« Sein harter Ton lenkte meine Aufmerksamkeit auf sein Gesicht. »Wenn du je wieder darüber scherzt, dich zu verkaufen, versohle ich dir den Hintern dermaßen, dass du tagelang nicht sitzen kannst.

Und sobald die Rötung nachlässt, wiederhole ich es. Ganz zu schweigen davon, dass du an das Bett gefesselt bleibst, bis du den Schwachsinn vergisst. Hast du verstanden?«

Du meine Güte. Der nächste Slip völlig durchnässt. Ich presste die Beine zusammen und wimmerte.

»Ich habe dir eine Frage gestellt und erwarte eine Antwort. Hast du verstanden?«

»Ja, Sir.«

»Gut.« Er kraulte mich unter dem Kinn und ging.

Den ganzen Tag lief ich in einem Strudel der Lust gefangen herum. Irgendwie erledigte ich meine Aufgaben trotzdem. Als Cole zurückkam, sah er sich mit einem anerkennenden Nicken um, bevor er mich das riesige Bücherregal in seinem Hobbyraum abstauben ließ. Tatsächlich gefiel es mir, mit den alten Büchern zu hantieren, die er von seinem Großvater geerbt hatte, wie er mir erzählte. Nur wurde ich durch die Kombination von Coles Nähe und der in mir tobenden Geilheit superzickig. Er saß auf der Couch und tippte mit der geöffneten Aktentasche neben ihm auf dem Laptop, während ich murrend um ihn herum arbeitete.

»Weniger reden, mehr putzen«, ermahnte er mich, ohne den Blick vom Bildschirm zu lösen.

Ich ignorierte die Anweisung und brummelte weiter über den »sadistischen, Hintern versohlenden Sheriff mit einem Putzfetisch«.

Cole ging, kam zurück und beorderte mich mit einem Fingerschnippen zu sich. Ich konnte es nicht leiden, wenn er das tat, doch ich traute mich nicht, den Gehorsam zu verweigern.

»Ich habe eine neue Ergänzung für dein Outfit. Mach den Mund auf.« Er hielt einen Ballknebel hoch. Mit einem verruchten Funkeln in den Augen steckte er mir eine knall-rote Kugel in den Mund und befestigte die schwarzen Riemen um meinen Kopf herum. »Warum bin ich darauf nicht schon früher gekommen?«

Ich schleuderte ihm einen finsteren Blick zu. Der Ball in meinem Mund war groß genug, um meine Lippen zu einem permanenten »O« zu spreizen. Sabber sammelte sich an meinen Mundwinkeln. Cole wischte ihn weg.

»Wunderschön. Du bist gerade so was von heiß.«

Unwillkürlich richteten sich meine Nippel auf.

Irritiert brabbelte ich ihn an.

»Ich kann dich nicht verstehen, Süße. Aber keine Sorge. Wenn du brav bist, gibt's nachher eine Belohnung.« Seine Finger strichen über meine Nippel. Er hatte bemerkt, dass ich erregt war.

Mistkerl.

Ich stöckelte in den dämlichen High Heels herum, verlagerte Bücher, staubte ab und polierte Flächen. Dabei achtete ich darauf, nicht mein Outfit zu beschmutzen. In meiner einzigen Pause nahm Cole mir den Knebel ab und gab mir Wasser.

Als er ihn wieder anschnallte, funkelte ich ihn zornig an. Er lachte nur darüber und trug mir auf, ihm ein Bier zu holen. Mein Gesicht loderte, aber ich tat es. Und als er mit den Fingern schnippte und mir einen Wink gab, kehrte ich zum Bücherregal zurück und putzte weiter. Sein Blick folgte mir durch den Raum. Ich gab mir zwar keine Mühe, sexy zu wirken, doch da ich mich bücken und strecken musste, um die verschiedenen Ablagen zu erreichen, bot ich ihm reichlich Gelegenheit, meine durch die Stöckelschuhe verlängerten Beine und meinen beleidigten Hintern zu betrachten.

Nie zuvor hatte ich mich so gedemütigt, so vergegenständlicht gefühlt.

Zugleich war ich noch nie im Leben so erregt gewesen. Der Saum meines Rocks hob sich und entblößte die Wölbung meines Hinterns, als ich mich streckte, um die oberste Ablage zu Ende abzustauben. Auf Zehenspitzen ächzte ich vor Anstrengung. Coles Hände schlangen sich um mich und legten sich auf meine Brüste. Beinah wäre ich umgekippt.

»Regina«, säuselte er in mein Haar und schmiegte den Körper an meinen Rücken. Schwer atmend sank ich gegen ihn. Seine Hände wanderten an mir auf und ab, von den Brüsten zum Bauchnabel und tiefer. Sie hoben meinen Rock an und legten sich auf meinen Venushügel. Ich stöhnte, als zwei Finger gegen meinen Tanga drückten.

»Du bist feucht.« In seiner Stimme schwang Ehrfurcht mit. »Das geilt dich auf?«

Ich nickte und verbreiterte einladend die Haltung meiner Beine.

»So ein braves Mädchen.«

Seine Finger tauchten in meine Pussy, schoben sich vor und zurück. Ich stöhnte hinter dem Knebel. Sabber lief mir über das Kinn. Ich musste fürchterlich aussehen, und es war mir egal. Meine Hüften zuckten mit einer stillen Einladung.

»Frag vor dem Kommen«, brummte er, als er einen langen Finger unter mein Schambein schob und meinen G-Punkt ins Visier nahm. Er krümmte den Finger.

Volltreffer.

Ein hoher Laut entfuhr mir. Meine Beine zitterten so heftig, dass sie beinah gefallen wäre. Der Orgasmus war so nah ...

Er entfernte die Hand und hielt mich weiter mit einem starken Arm unter meinen Brüsten fest.

»Oh, das hätte ich fast vergessen. Du kannst ja nicht reden. Dann kannst du wohl auch nicht kommen.«

Hinter dem Knebel drangen alle möglichen unverständlichen Laute aus mir hervor. Als er den Mund an meinen Hals senkte, steigerte sich meine Erregung. Ich bettelte ihn an, mich zu nehmen.

»Du darfst nicht kommen.« Dabei streifte sein Finger meinen Kitzler, und ich kam doch. Cole musste mich hochhalten, während ich an ihm zuckte und hinter dem Knebel stöhnte.

Schließlich drehte er mich um. Mit großen Augen starrte ich ihn keuchend an. Der Höhepunkt war aus dem Nichts über mich gekommen und hatte mich erfasst wie ein rasender Güterzug. Ich wusste nicht, was Cole damit bezweckte, dass er mich als sexy Dienstmädchen verkleidete und mit mir ein Bett teilte, aber nicht mit mir schlief, doch dieses Spiel ging über alles hinaus, was ich bisher gekannt hatte. Ich wurde allmählich süchtig danach.

»Und schon missachtest du Anweisungen?« Er wirkte belustigt von meinem Orgasmus. Mir war egal, ob ich dadurch »in Schwierigkeiten« steckte. Dieser Höhepunkt war es wert gewesen.

Cole trat zurück und vergewisserte sich, dass ich mich auf den Beinen halten konnte. Sie fühlten sich zwar wie Spaghetti an, dennoch trugen sie mich. »Hände an die Wand. Hintern raus.«

Eifrig gehorchte ich, und er klappte meinen dünnen Rock hoch. »Was für ein wunderschöner Po. Ein Meisterwerk.« Erst legte er die Hand darauf, dann versetzte er mir einen Klaps. Vor meinem geistigen Auge malte ich mir aus, wie er das Wabern der Backe bewunderte. Für ihn war mein Hintern offenbar nicht zu dick.

»Weil du ohne Erlaubnis gekommen bist, wirst du bestraft. Aber diesmal versohle ich dich nicht. Mir steht der Sinn nach etwas Unterhaltsamerem.«

Ich hörte, wie er sich hinter mich bewegte. »Bück dich

und streck den Hintern raus.« Ich zuckte zusammen, als Cole etwas Kühles zwischen meine Pobacken schob.

Ein Finger glitt in mich, und ich fluchte hinter dem Knebel.

»Entspann dich, ich werde dir nicht wehtun.« Während mich sein Finger fickte, stöhnte ich an die Wand. Es tat wirklich nicht weh, allerdings fühlte es sich auch nicht gut an. Ich wusste nicht recht, was ich von der Empfindung halten sollte, doch allein von der Demütigung wurde ich triefnass.

»Siehst du das?« Er zeigte mir eine Art Knolle aus Metall mit einem roten Edelstein am hinteren Ende. »Das kommt in deinen Arsch.«

Obwohl ich protestierte, befahl er mir, mich wieder der Wand zuzudrehen. Eine Hand klemmte sich auf meinen Nacken und hielt mich still, während die andere den Plug zwischen meine Pobacken zwängte.

»Ich werde deinen Hintern für mich trainieren«, kündigte er mit rauer Stimme an. Es musste ihn genauso sehr erregen wie mich. »Du wirst mit dem Plug in dir in meinem Haus herumlaufen. Dein Arsch gehört jetzt mir. Wann immer ich mit den Fingern schnippe, wirst du dich bücken und mir zeigen, was ich besitze.«

Ich spürte, wie etwas gegen meine hintere Öffnung drängte. Hart und unnachgiebig dehnte mich der Plug leicht. Fuck.

Ich stöhnte, als Cole ihn in mich drehte. »Das ist der Kleinste, den ich habe. Wenn du dich beklagst, hole ich die nächste Größe.«

Mein Kopf stieß gegen die Wand.

»Oh, vergessen.« Er lachte leise. »Du kannst dich ja gar nicht beklagen. Nicht mit dem Knebel im Mund.«

Einige Minuten lang spielte er an meinem Hintern herum, knetete die Backen, hob sie an, teilte sie. Als ich mich beinah an den mich ausfüllenden Fremdkörper gewöhnt hatte, zog er mich von der Wand, und durch die Bewegung fühlte sich der Plug wieder seltsam an.

Cole küsste mich auf die Stirn. »Du machst das so gut. Jetzt geh in die Küche und mach mir ein Sandwich.«

An der Arbeitsplatte verteilte ich Senf auf Brot, während mein Körper vor Erregung kribbelte. Durch den Plug fühlte ich mich voll und nahm die Empfindungen zwischen meinen Beinen umso deutlicher wahr.

Als ich mit dem Teller in der Hand und zitterndem Körper in den Hobbyraum zurückkehrte, musste ich mich darauf konzentrieren, einen Fuß vor den anderen zu setzen. Dabei wurde mir klar, dass ich mich den ganzen Tag über nichts gesorgt hatte. Nicht über meine Mutter, nicht über meine Rechnungen. Ich stellte Coles Mittagessen vor ihn hin und wartete auf den nächsten Befehl. Dabei kämpfte ich nach wie vor mit meinen Gedanken – wie leger er mich erniedrigte, erfüllte mich zugleich mit Wut und Erregung. Ich liebte und hasste, was er mit mir anstellte. So oder so konnte ich nicht leugnen, dass er sein Versprechen hielt.

Dieser brillante, wunderschöne Sadist bescherte mir Frieden.

Und wenn ich nach dem Zelt ging, das seine Hose im Schritt bildete, blieb auch er nicht völlig ungerührt.

»Regina.« Coles Stimme unterbrach meine Gedanken, und ich bewegte mich zu ihm. Er hatte sein Sandwich gegessen, den Teller auf die Couch gestellt und wollte nun Nachtisch.

Ich stellte mich zwischen seine Beine, und er nahm mir den Knebel ab. Während ich die Kiefer bewegte, um die Verspannungen darin zu lockern, wanderten seine Hände über meinen Körper.

»Es ist einfach toll, wie du mich ansiehst«, sagte er stöhnend. »Als wäre ich Superman. Als könnte ich nichts falsch machen.«

Ich wölbte den Rücken durch, drückte die Brüste gegen seine Hände. »Kannst du auch nicht. Das übernehme ich für dich.«

»Nicht mehr.«

Ich wurde verwegener und beugte mich über ihn. Meine Hand schlängelte sich über seine Bauchmuskeln und wagte sich tiefer vor. »Ich bin gern unartig.«

Er saugte scharf die Luft ein.

Jetzt oder nie. Zwar hatte ich ohnehin vorgehabt, Cole zu verführen, ich hätte bloß nicht gedacht, dass es so bald passieren würde. Er wollte nicht mit mir schlafen? Fein. Es gab auch andere Dinge, die wir anstellen konnten.

»Ich will deinen Schwanz«, säuselte ich.

»Regina ...«

»Ist schon gut, Cole.« Ich sank auf die Knie. »Wir wollen das beide. Lass mich dich erfreuen.«

Ich wartete, bis er nickte, bevor ich seine Hose öffnete und sein bestes Stück herausholte. Es erwies sich als lang und dick. Bei dem Anblick zog sich meine Pussy zusammen.

Irgendwann würde Cole seiner besonderen Herzensdame begegnen. In meiner Vorstellung war sie blond, schlank und perfekt – alles, was auf mich nicht zutraf. *Fick dich, Schwester*, dachte ich. Cole konnte auf sie warten, so lange er wollte, doch im Augenblick gehörte er mir. Und nach all dem perversen Mist, bei dem ich mitgespielt hatte, fand ich, dass ich mir eine Belohnung verdient hatte.

Ich atmete tief durch, bevor ich zu blasen begann.

Dabei setzte ich jeden Trick ein, den ich kannte, und leckte, während ich den Kopf auf und ab bewegte. Über mir spannte Cole den Prachtkörper an. Sein Kopf sank nach hinten, seine Finger krallten sich in die Polsterung der Couch.

Als er kam, stieß er meinen Namen hervor, und ich schluckte.

»Das war ...«

»Nur ein Teil meiner Pflichten. Soll ich Blasdienste in den regulären Zeitplan aufnehmen, Sir?«

Cole erwiderte nichts. Stattdessen zog sein langer Finger gemächlich den Ausschnitt der Dienstmädchenuniform runter. Schließlich wogten meine Brüste heraus, und er spielte mit meinen Nippeln. Ich hätte nie gedacht, dass ich auf den Knien mit entblößtem Oberkörper und einem Plug im Hintern glücklich sein könnte – aber meine triefende Spalte hatte keine Klagen. Eine Berührung meiner Klitoris, und ich würde explodieren.

Als er das Oberteil wieder hochzog, seufzte ich. »Zurück an die Arbeit. Ich habe Dinge zu erledigen.«

»Zu Befehl, Sir.« Ich grinste. Eigentlich hatte ich gehofft, er würde mich ins Schlafzimmer schicken – aber die Woche war ja noch jung. Ich spürte, wie mir seine Blicke aus dem Zimmer folgten.

7

Zwei Tage vergingen. Trotz meiner besten Bemühungen verlor Cole nicht erneut die Kontrolle. Obwohl er mich durchaus täglich vor ihn niederknien und ihn blasen ließ. Manchmal brachte auch er mich zum Kommen, manchmal nicht. Nur gelangte ich dem nicht näher, was ich wirklich wollte.

Jeden Tag stand ich nur Zentimeter davon, einzuknicken und zu betteln: *Bitte schlaf einfach mit mir!* Die Tage wurden zu endlosen Qualen. Für jede sexuelle Folter oder Demütigung, die Cole mir angedeihen ließ, stellte ich mir tausend weitere vor. Jedes Mal, wenn er die Hände zwischen meine Beine legte, war ich triefnass.

Die Nächte fand ich noch zehnmal schlimmer. Wenn ich ohne ihn ins Bett ging, lag ich wach und lauschte, wie er nach Hause kam, den Kühlschrank öffnete und aß, was ich für ihn bereitgestellt hatte, bevor er sich ins Schlafzimmer begab. Mein Herz schlug dann immer schneller – vielleicht würde es die Nacht der Nächte werden! Aber nein. Und wie sich herausstellte, bescherte es einem wenig Erholung, wenn man neben seinem Traummann schlief, ohne *mit ihm* schlafen zu können. Das galt für uns beide.

Eines Nachts wälzte ich mich rastlos hin und her, konnte einfach nicht einschlafen. Cole hievte ein schweres Bein über meines, um mich ruhigzustellen. Ich dachte, er würde danach schlafen. Stattdessen lag er mit mir wach und streichelte unter dem Nachthemd meine Brust.

»Bitte hör auf«, sagte ich, und seine Hand hielt inne.

»Magst du das nicht?«

»Doch. Nur zu viel. Egal, mach weiter. Und falls du dein bestes Stück aufwärmen willst, tu dir keinen Zwang an und steig auf. Ich bin gesund und nehme die Pille. Du brauchst nicht mal ein Kondom.«

Sein tiefes Seufzen hauchte in mein Haar. Ich presste die Lippen zusammen – gegen Wut, Tränen oder beides. Wenn Cole mich nicht wollte, warum behielt er mich dann überhaupt bei sich? Ich mochte nicht seine Traumfrau sein, aber musste ich als Platzhalter für sie dienen, gerade gut genug, um ihre Seite des Betts zu wärmen?

»Warum lässt du mich nicht einfach woanders schlafen?«

Er schob das Gesicht in mein Haar. Eigentlich wollte ich nicht, dass er etwas sagte und den Bann brach. Aber ich musste es wissen.

»Früher habe ich oft wach gelegen und an dich gedacht. Ständig voller Sorgen.«

Ich drückte den Körper an ihn, und er stöhnte.

»Du hast ja keine Ahnung, wie gut es sich anfühlt, dich hier zu haben. In meinem Bett, wo ich weiß, dass du vor so gut wie allem in Sicherheit bist.«

Ich fragte mich, was er mit »so gut wie allem« meinte. »Natürlich bin ich in Sicherheit. Das bin ich immer, wenn ich bei dir bin.«

Er schwieg so lange, dass ich dachte, er wäre eingeschlafen. Aber kurz, bevor ich selbst eindöste, hörte ich ihn flüstern: »Das hoffe ich.«

NACH EINIGEN TAGEN bei Cole leuchtete mir ein, warum er nie eine feste Freundin gehabt hatte. Seine Dienstzeiten würden die Geduld der verständnisvollsten Frau auf die Probe stellen. Aber nicht meine. Ich hatte eher das Gefühl, dass ich seine Aufmerksamkeit gar nicht verdiente. Nach und nach fing ich an, wirklich darüber nachzudenken, wie ich ihm das Leben erleichtern könnte. Auch wenn ich es nie zugegeben hätte. Ich nützte jede Gelegenheit, um ihn zu verärgern. Dafür schien ich ein Händchen zu haben.

Eines Tages betrat ich die Küche und fand auf dem Tisch seine Waffe, sein Abzeichen und seine Handschellen. Cole telefonierte im Zimmer nebenan. Ich hatte noch nie eine Schusswaffe in der Hand gehabt, und sie lag einfach da, schwarz und gefährlich. Es juckte mich in den Fingern, etwas Verbotenes zu berühren. Hatte Cole sie schon je benutzen müssen?

Ich wusste, dass es sogar in Licking Hole eine dunkle Seite gab. Immerhin hatte ich buchstäblich damit geflirtet – ich war mal mit einem Jungen zusammen gewesen, der im zwielichtigen Betrieb seines Vaters arbeitete. Donnie DeMarco hatte vor mir damit geprahlt, als wäre es unterhaltsam. Aber als ich seinen alten Herrn kennengelernt hatte, konnte ich die unterschwellige Gewaltbereitschaft spüren. Mir gegenüber hatte sich sein Vater nett verhalten, doch den Menschen, die er betrog, brachte er Hass entgegen. Er sprach über die Gesellschaft, als wäre sie ein Club, zu dem ihm der Zugang verwehrt wäre. Aus seiner Sicht gab es ihn und sie.

Ich hatte mit Donnie Schluss gemacht, damit ich nicht mit ansehen musste, wie sein Vater ihm jenen Hass eintrichterte.

Als ich angefangen hatte, zu veruntreuen, hatte ich mich

gefragt, wie viel ich von ihm aufgeschnappt hatte. War meine Vergangenheit ein schwarzes Loch, das nur darauf wartete, mich zu verschlingen?

Ich griff nach der Waffe und schwenkte die Hand in letzter Sekunde, um stattdessen die Handschellen aufzuheben. Wie so viele andere Kids, mit denen ich aufgewachsen war, hätte man mir um ein Haar schon im wahren Leben welche angelegt. Nur Cole hatte das verhindert.

Von hinten legte sich eine Hand um meine Kehle. Coles harter Körper drückte dominant gegen meinen Rücken. Ich ließ die Handschellen fallen. Klirrend landeten sie auf dem Boden.

»Herrje! Wie kannst du so leise sein?«

Die Wärme an meinem Rücken und die Hand an meinem Hals ließen mich stillhalten. Coles Atem hauchte mir ans Ohr.

»Was machst du da, Regina?«

»Aufräumen.«

»Muss ich dir wirklich sagen, dass du meine Ausrüstung nicht anfassen sollst?«

»Ist doch nicht meine Schuld, wenn du dein Zeug überall rumliegen lässt.«

Ich schluckte schwer. Mein Puls flatterte unter seiner Handfläche.

»Du hast mit dem Gedanken gespielt, meine Waffe anzufassen, nicht wahr?«

»Ja«, gestand ich atemlos. »Du kennst mich doch. Ich bin immer bereit, deine ... Waffe anzufassen.«

Er lachte leise. »Unartiges Mädchen. Was soll ich nur mit dir machen?«

»Wenn ich einen Vorschlag unterbreiten dürfte ...«

»Nein.« Er trat zurück, packte mich am Handgelenk und zog mich ins Wohnzimmer.

»Hinknien«, befahl er. Ich tat, wie mir geheißen, und schaute zu ihm auf.

Er fesselte mich mit den Handschellen an einem Arm an den Couchtisch. Ich hatte einen Korb mit sauberer Wäsche zum Falten auf das Sofa gestellt. Cole platzierte ihn auf meinem Schoß.

»Hier. Du wolltest doch mein Zeug anfassen.«

Er saß sich auf die Couch, während ich zu seinen Füßen die Wäsche faltete. Mit einer gefesselten Hand gestaltete es sich verflucht schwierig. Als ich mich darüber beklagte, befahl er mir, die Klappe zu halten. Einige Sekunden lang kam ich der Aufforderung nach.

»Hast du die Knarre schon mal abgefeuert?«

Mit hochgezogenen Brauen spähte er hinter der Zeitung hervor, die er las. »Da berufe ich mich auf den fünften Verfassungszusatz.«

Ich verdrehte die Augen.

»Ich bin Cop. Natürlich habe ich schon mit einer Waffe geschossen.«

»Aber ich meine, hast du mit deiner gefeuert? Auf jemanden?« Er sah mich mit versteinerter Miene an, und mir lief es eiskalt über den Rücken. »Oh mein Gott, ja, oder?«

Er las weiter die Zeitung, und ich verstummte. Eigentlich wollte ich es gar nicht wissen. Stattdessen zermarterte ich mir das Hirn und überlegte, wie ich die Stimmung bessern könnte.

»Was ist mit Verfolgungsjagden? Schon viele davon gehabt?«

»Wir sind hier in Licking Hole, nicht in *Ein Duke kommt selten allein*.«

»Nicht mal, wenn jemand losgerast ist, um in der Halbzeit Bier zu besorgen?«, scherzte ich und erntete dafür einen strengen Blick.

»Macht ist bei euch verantwortungsbewussten Typen völlig verschwendet«, grummelte ich und verrenkte den Körper, um eines von Coles T-Shirts zu falten.

»Ich werde so tun, als hätte ich das nicht gehört.«

»Wenn ich Cop wäre, ich würde überall rasen. So tun, als würde ich jemanden verfolgen.«

»Wenn du Cop wärst, dann wäre die Gesellschaft dem Untergang geweiht.«

»He! Ich wäre super.«

»Du hast mir gerade gesagt, wie du deine Macht missbrauchen würdest.«

»Ich kann auch verantwortungsbewusst sein, wenn mir danach ist.«

Er zog eine Augenbraue hoch.

»Na schön, nicht wirklich. Aber ich lerne dazu.«

»Ja, das tust du. Und deshalb, meine Liebe, bist du mit Handschellen an den Couchtisch gefesselt und faltest zu meinen Füßen meine Wäsche.« Er beugte sich vor, um mich zu küssen. Ich ließ es zu. Mir lag auf der Zunge, ihm zu sagen, wie mich die Demütigung aufgeilte, doch irgendwie hatte ich das Gefühl, er wusste es bereits.

Allein davon, dass ich zu seinen Füßen kauerte, wurde ich feucht.

»Was bringt es überhaupt, Kleidung zu falten? Am nächsten Tag trägst du sie ja sowieso.«

Statt einer Antwort stand er auf, verließ den Raum und kehrte mit dem Ballknebel zurück.

»Aufmachen.« Er brachte die Riemen um meinen Kopf an, während ich versuchte, ihn mit Blicken zu töten.

»Ich hasse dich, du Mistkerl«, sagte ich. Durch den Knebel drang nur heraus: »I a-e i u i-e.«

»Sei höflich.« Er schwenkte einen Finger vor meinem Gesicht.

»Ar.«

～

»WIR MÜSSEN REDEN.«

Ich räumte sein Frühstück zu Ende ab, bevor ich mit Kaffee zum Nachschenken antanzte. Mittlerweile bewegte ich mich recht anmutig auf den High Heels.

Cole bedeutete mir, mich zu setzen.

»Eine Woche ist um, und ich will mit dir besprechen, was als Nächstes passiert.«

Eine Woche Demütigungen und durchgehende Geilheit. Ich bekam zwar ordentlich Orgasmen, genau wie Cole, allerdings hatte ich ihn noch nicht so in mich bekommen, wie es wirklich zählte. Obwohl ich gar nicht auf eine Liebeserklärung aus war. Oder vielleicht doch. Aber ich würde mich auch mit einer Lusterklärung zufriedengeben.

»Regina, hörst du mir überhaupt zu?«

»Was? Ja! Sag nur das Letzte noch mal.«

»Ich habe gesagt, du fängst am Montag mit der gemeinnützigen Arbeit an.«

»Wo?«

»Habe ich noch nicht entschieden. Aber das brauchst du nicht zu wissen. Du musst nur bereit sein.«

»Na schön. Bist du sicher, dass ich nicht deine Sekretärin sein könnte? Ich trage auch Strapse und High Heels mit extra hohen Absätzen. Und ich blase dir unter dem Schreibtisch einen.«

»Nein.« Er schüttelte den Kopf. Dann hielt er mir seine Kaffeetasse hin. Seufzend füllte ich sie und achtete nicht darauf, wie sich meine Muschi zusammenzog, während ich ihn bediente.

»Ach, warum denn nicht?«, fragte ich mit einer Schmollmiene, als ich zu Ende eingeschenkt hatte.

»Interessenkonflikt«, brummte er. »Die Leute denken,

wir leben zusammen. Ich kann keine Fäden ziehen, um dich einzustellen.«

»Als ob's in der Gegend nicht genug Vetternwirtschaft gäbe.« Ich grummelte. »Dabei wäre ich so gut.« Ich hob eine Hand ans Ohr und tat so, als telefonierte ich. »Willkommen in Licking Hole, auch Leckloch genannt, wie kann ich Ihnen helfen?«

Cole prustete Kaffee in seine Zeitung. Verzückt beobachtete ich es. »Regina, was zum Teufel soll das?«

Ich vergewisserte mich, dass ich mich außerhalb seiner Reichweite befand, aber ein Grinsen konnte ich mir nicht verkneifen.

»Sehr witzig«, presste Cole zwischen zusammengebissenen Zähnen hervor und tupfte mit einer Serviette seine nasse Uniform ab. Schließlich stand er auf und stapfte los, um sich umziehen. Im Vorbeigehen klatschte er mir so kräftig auf den Hintern, dass ich zusammenzuckte.

»Du stehst drauf!«, rief ich ihm nach.

Ich wischte gerade auf Händen und Knien die Sauerei vom Boden auf, als plötzlich zwei polierte Schuhe vor mir anhielten.

»Ich muss los zur Besprechung«, verkündete er, bevor er zögerte.

»Was?« Ich richtete mich auf den Knien auf. Er sah so schneidig aus in seiner Uniform. Der Sheriff vor ihm hatte zumeist lieber Anzüge getragen, um zu betonen, dass er mehr Zeit in Meetings als auf Streife wie ein gewöhnlicher Cop verbracht hatte. Aber ganz gleich, wie beschäftigt Cole war, er übernahm immer mindestens eine reguläre Schicht pro Woche. So blieb er am Puls des Geschehens in der Gemeinde, hatte er mir erklärt. Auch in der Nacht, in der er mich erwischt hatte, war er auf Patrouille gewesen.

»Wird ziemlich spät werden. Es wird vielleicht keine Zeit bleiben, dich zu deiner Mutter zu bringen.«

Sein Pick-up stand in der Einfahrt, die Schlüssel hingen neben der Tür, doch das erwähnte ich nicht. Wahrscheinlich wäre er nicht bereit, mich seinen Wagen fahren zu lassen. Kluger Mann.

»Kannst du zur Not bis morgen früh warten, um deine Mutter zu sehen?«

Ich befragte mein Bauchgefühl und entdeckte vor allem Erleichterung. »Denke schon.«

Cole musterte mich. Vermutlich spürte er, dass ich froh darüber war, einen Besuch auszulassen.

»Du bist eine gute Tochter«, sagte er.

Ich rappelte mich auf die Beine und murmelte etwas darüber, dass ich die Wäsche holen würde. Cole fing mich am Arm ab und bremste mich mitten auf der Flucht.

»Ich mein's ernst. Du tust, was du kannst. Keine Mutter könnte mehr verlangen.«

Ich atmete tief ein und betete, dass meine Tränen nicht fallen würden. Mit dem Rücken zu Cole sagte ich: »Da bin ich mir nicht so sicher. Ich könnte auch einen Haufen Kohle verdienen und ihr ein Haus kaufen. Oder sie zumindest auf eine Kreuzfahrt schicken.«

Cole schlang die Arme um mich. Ich schaute starr nach vorn. Wenn ich ihn ansähe, würde ich definitiv in Tränen ausbrechen.

»Dafür bräuchte ich nur ein paar Riesen«, fügte ich hinzu.

»Ach ja? Und wie willst du die verdienen?«

»Ich war mal mit 'nem Typen zusammen, dessen Vater illegaler Ausschlachter ist. Ich wette, mit Teilen von deinem Pick-up ließe sich ein wenig Kohle machen.«

Er wirbelte zu mir herum. »Reißt du darüber wirklich Witze?«

Ich kicherte.

»Junge Dame, das wird dir noch leidtun.«

Ich grinste über seine wutentbrannte Miene. »Du kommst zu spät.«

Er warf einen Blick auf die Uhr und verkniff sich einen Fluch.

»Warte hier.«

Er stapfte davon. Ich hörte ihn am Handy telefonieren und erklären, dass er etwas später eintreffen würde. Als er in die Küche zurückkehrte, sah er immer noch stinksauer aus.

Hervorragend.

Mit einem Fingerschnippen befahl er mir, mich vor ihn zu stellen. »Heute Abend bin ich wieder da, aber selbst wenn nicht, wirst du dich benehmen.«

»Immer, Sir.« Ich klimperte mit den Wimpern.

»Nur sicherheitshalber ...« Er setzte mir den Ballknebel ein. Dann fesselte er mir mit Handschellen die Hände hinter dem Rücken.

»In-u?«, brüllte ich, so gut ich durch den Knebel konnte.

»Damit solltest du beschäftigt sein und dich von Ärger fernhalten.«

Ich schaute finster drein, als er mich auf den Kopf küsste.

»Zum Abendessen bringe ich dir Sandwiches. Ach, und Regina ...«, rief er auf halbem Weg zur Tür.

»Hm?«

»Vergiss die Wäsche nicht.«

Nach einer halben Stunde Handschellenhölle schaute ich aus dem Fenster und stellte fest, dass Cole noch nicht gefahren war. Er saß im Streifenwagen und hatte das Handy

am Ohr. Ich stand da und setzte einen traurigen Welpen-
blick auf, bis er aufschaute. Seufzend stieg er aus dem Auto.
Als er zurückkam, nahm er mir gleich als Erstes den Knebel
und die Handschellen ab. Ich bewegte die Kieferpartie,
während er meine Handgelenke rieb.

»Hast du deine Lektion gelernt?«

»Ja.« Ich widerstand dem Drang, die Augen zu verdre-
hen. So gern ich Cole triezte, auf eine Wiederholung der
letzten halben Stunde hatte ich keine Lust. »Du bist nicht
gefahren?« Ein Teil von mir hatte geahnt, dass er mich nicht
so hilflos zurücklassen würde.

»Ich fahre jetzt. Vorher wollte ich dir nur noch Bescheid
geben, dass du morgen mit der gemeinnützigen Arbeit
beginnst.«

»Hast du schon entschieden, wo?«

»Nein. Das hat Mr. Roberts.«

Meine Eingeweide krampften sich zusammen, als wäre
ich getreten worden. »Ist er ... sehr wütend auf mich?«

»Ich will nicht lügen, Regina. Als er das erste Mal
herausgefunden hat, dass du Geld unterschlagen hast, war
er gekränkt. Aber nicht wütend. Ihm liegt etwas an dir. Er
betrachtet dich fast wie eine Tochter.«

Das wusste ich. Bevor ich ans College gegangen war,
hatte ich ihm eine Dankeskarte mit meinem Foto aus der
Highschool geschenkt. Er hatte das Bild auf dem Regal mit
den gerahmten Fotos seiner Familie aufgestellt.

»Wenn du nur einmal von ihm gestohlen und es sofort
gebeichtet hättest, dann hätte er dich wahrscheinlich nicht
gefeuert.«

»Ich hab's echt vermasselt, oder?« Tränen traten mir in
die Augen. »Ich bin so eine Versagerin. Eine Verschwendung
kostbarer Atemluft.« Sogar für meine eigenen Ohren klang
ich niedergeschlagen und erbärmlich. »Wenn mich meine

Mutter nur abgetrieben hätte. Dann wären alle besser dran.«

Cole bewegte sich so schnell, dass ich nichts davon mitbekam, bis ich über seinem Schoß lag und den ersten harten Schlag empfing. Er machte weiter, ließ die Hand härter und härter herabsausen, bis ich zappelte und weinte.

Und einfach so endete es. Cole stellte mich auf die Beine und heftete den strengsten Blick auf mich, den ich je gesehen hatte. »Regina. Wenn ich dich je wieder so etwas sagen höre, wirst du das eben für ein Honigschlecken halten. Hast du verstanden?«

Ich nickte mit Nachdruck. Alles, nur nicht noch mal diese strafende Handfläche. Als ich mir den wunden Hintern reiben wollte, fing Cole meine Hand mit festem Griff ab.

»Antworte mir.«

»Ich habe verstanden.«

»Braves Mädchen.« Sein Ton wurde milder, und er zog mich auf seinen Schoß. Ich lag auf der Seite an ihn geschmiegt, und er rieb mir den Hintern, bis ich mich entspannte. Dabei hielt ich sehr still. Das Spanking war brutal gewesen, hatte aber den Anflug von Selbstabscheu eingedämmt. Niemand hatte sich je genug um mich geschert, um mich davon abzuhalten, schlecht über mich zu reden. Coles heftige Reaktion verblüffte und ermutigte mich.

»Fühlst du dich jetzt besser?«

»Ja. Es tut mir leid.«

»Schon gut, Süße.« Cole küsste mich auf die Schulter. »Ich habe gesagt, dass ich mich um dich kümmere, und das werde ich. Aber ich dulde nicht, dass irgendjemand schlecht über dich redet. Nicht mal von dir selbst.«

»Danke«, sagte ich und meinte es ernst.

Er kraulte mich unter dem Kinn. »Jetzt muss ich zurück

zur Arbeit. Die nächsten Tage werde ich ziemlich beschäftigt sein, aber ich sorge dafür, dass du was zu tun hast. Sobald sich die Gelegenheit bietet, klären wir die Sache mit Mr. Roberts ein für alle Mal.«

»Okay«, sagte ich, obwohl mir nicht gefiel, wie sich das anhörte.

8

EINE NEUE ROUTINE stellte sich ein, und wie Cole mich vorgewarnt hatte, arbeitete er regelmäßig lange. Insgeheim fragte ich mich, ob er sich bewusst beschäftigte, um die Hände von mir lassen zu können. Mir gefiel die Vorstellung, dass ich eine solche Versuchung für ihn verkörperte. Natürlich wollte ich ihn umso mehr, je mehr er sich von mir fernhielt. Wann immer er zu Hause arbeitete, gebärdete ich mich so laut und unausstehlich, dass ich mir den Knebel einhandelte. Oft ertappte ich mich dabei, ihn zu beobachten, die Anmut seiner langen Finger auf der Tastatur zu bewundern und dem Timbre seiner Stimme zu lauschen, wenn er Anweisungen erteilte.

»Regina«, rief er eines Tages, ohne von seinen Unterlagen aufzuschauen. »Du machst es schon wieder.«

Ich blinzelte. »Entschuldige.«

»Mach nur weiter so, dann führe ich eine neue Regel ein – kein Anstarren über der Gürtellinie.«

»Dadurch würde es nur noch schlimmer.« Ich widmete mich wieder der Arbeit und schaute erst auf, als ein Schatten über meine Hände fiel.

Cole stand hinter mir und fuhr die zarten Riemchen

meines knappen Outfits nach. Bei seiner Berührung breitete sich ein Kribbeln durch mich aus.

Ich drehte mich ihm zu. Nur Zentimeter trennten uns. »Cole?«

»Regina«, sagte er, ehe er regelrecht über mich herfiel. Berührungen, Küsse, forschende Hände, die an meinem Körper auf und ab wanderten, während ich mich wimmernd an ihn presste. Als der Kuss endete und wir uns voneinander lösten, waren wir beide atemlos.

»Schlafzimmer«, befahl er. »Es ist an der Zeit.«

Jippie!

Aber kaum traf ich dort ein, sah ich das Rechteck aus Holz auf dem Bett und begriff, was er meinte. Cole folgte mir ins Schlafzimmer. Als ich ihm kurz in die Augen sah, erblickte ich darin Dunkelheit. Ich schaute ihm nicht noch einmal ins Gesicht.

»Ausziehen.«

Langsam entfernte ich die knappe weiße Schürze. »Was passiert jetzt?«

»Ich habe dir ja gesagt, dass du für Diebstahl das Paddel zu spüren bekommst. Du brauchst es, glaube ich.«

Ich ließ die Dienstmädchenkluft zu Boden fallen. »Wird es wehtun?«

»Ja.«

Ich stellte mich seitlich neben das Bett und schlang die Arme um mich, während ich beobachtete, wie Cole das Hemd auszog und den Gürtel entfernte. Seine nackte Brust bot einen wunderschönen Anblick. Er verdankte sie seinem täglichen Lauf und fünfhundert militärisch-zackig ausgeführten Liegestützen.

Cole bedeutete mir, zum Fußende des Betts zu treten. Meine Atmung beschleunigte sich, als er das Paddel ergriff und begutachtete, bevor er es zurücklegte und seinen Gürtel aufhob. Er faltete ihn zusammen und klatschte damit probeweise gegen seine Handfläche. Der peitschende Laut ließ mich zusammenzucken.

Cole wies mich mit einem gekrümmten Finger an, näher zu kommen. Beinah hyperventilierend, gehorchte ich. Selbst mit einer Henkershaube hätte der Mann nicht einschüchternder sein können.

Seine Finger legten sich warm und beruhigend um meine Hüften. »Es wird wehtun, sich aber auch gut anfühlen.«

Ich stimmte ein zittriges Lachen an. »Wie das?«

»Nach dieser Bestrafung ist es vorbei. Dir ist dann vergeben. Wir müssen nie wieder darüber reden.«

Er wartete auf eine Erwiderung, doch ausnahmsweise brachte ich kein Wort hervor. Ich würde alles für diesen Mann tun, aber er hörte nie auf, meine Grenzen auszuweiten.

Nach einer Minute des Schweigens legte er den Gürtel aufs Bett. »Regina, sieh mich an.«

Als ich es tat, belohnte er mich, indem er mein Gesicht in die Hände nahm. Seine haselnussbraunen Augen, seine Adlernase, seine attraktiven Züge verschwommen.

»Wir müssen das nicht tun«, sagte er.

»Doch, müssen wir.« Irgendwie fände ich es noch schlimmer, diese Disziplinierung nicht durchzuziehen. Nicht nur, weil ich sie verdiente, sondern vor allem, weil ich Cole sonst enttäuschen würde.

»Vertraust du mir?«

»Ja.«

»Dann geh in Stellung.«

Ich legte die Hände aufs Bett und streckte den Hintern als Ziel raus.

Cole fuhr mit einem Finger darüber.

»Zuerst die Hand, dann der Gürtel, zuletzt das Paddel.«

Eine Hand klemmte sich um meinen Nacken, und ich stählte mich.

Es kam kein Hieb. Stattdessen tanzten seine langen Finger zwischen meinen Beinen und bespielten fieberhaft meine Lustperle. Ich schnappte und krümmte mich, wandelte am Rand eines Orgasmus.

»Wenn du aufgegeilt bist, wird es weniger schmerzhaft«, erklärte Cole. »Ich hab dir ja gesagt, dass ich mich um dich kümmere, Regina.«

Bei seinen Worten entspannte ich mich völlig. Seine linke Hand blieb an meinem Nacken, während seine rechte meinen Hintern knetete. Er hätte mich nicht niederdrücken müssen, doch ich empfand seine Berührung als beruhigend. Ich könnte mich wehren, so viel ich wollte, er würde mich nicht entkommen lassen.

Dann fing Cole an, mich zu versohlen. Zuerst leicht, bevor er die Wucht mit einem steten Crescendo steigerte. Besonders nahm er mein Sitzfleisch ins Visier, doch auch meine Oberschenkel bekamen einige Schläge ab. Nach einer Weile wurden sie härter. Zähneknirschend presste ich die Brust in die Matratze. Aber ich schrie nicht auf. Durch die langsame Steigerung konnte ich die Schmerzen ertragen.

Mein Hintern brannte und fühlte sich glühend an, als Cole das Versohlen mit der Hand beendete. Bisher hatte ich nicht annähernd mein Limit erreicht. Er legte eine Pause und senkte die Hand auf meinen Po, knetete ihn und ließ ihn los. Die grobe Massage vertrieb das Brennen.

»Alles in Ordnung?«

»Ja«, erwiderte ich von der Matratze gedämpft.

Ich hörte, wie er sich hinter mir bewegte, und ich wappnete mich. Als Nächstes stand der Gürtel auf dem Programm.

Als der erste Hieb über meinen Hintern peitschte, bäumte ich mich auf dem Bett auf.

»Zurück in Position.«

»Entschuldigung«, stieß ich atemlos hervor.

»Soll ich dich niederdrücken?« Ohne eine Antwort abzuwarten, legte er eine Hand zwischen meine Schulterblätter und presste mich zurück auf die Matratze.

Die nächsten Treffer mit dem Gürtel ließen mich zusammenzucken, doch ich stellte fest, dass ich die Schmerzen wegatmen konnte. Es brannte kurz und verblasste dann.

»Du wirst es dir zweimal überlegen, bevor du wieder gegen das Gesetz verstößt. Wenn du so was noch mal abziehst, musst du dich vor mir verantworten.«

Ich schnappte nach Luft, als ein Hieb exakt die gleiche Stelle wie der davor traf. Meine Hände schnellten zurück, um meinen Hintern zu schützen. Cole fing sie ab und fixierte sie an meinem Kreuz. Die nächsten Schläge fielen härter aus, und mir wurde klar, wie sehr er sich zurückgehalten hatte.

»Au«, entfuhr es mir. »Es tut mir leid.«

»Das wird es noch.« Der Gürtel peitschte gnadenlos auf mein Sitzfleisch ein, zog eine lodernde Spur darüber.

Ich stieß einen Fluch aus.

»Muss ich dir den Knebel anlegen? Mach das noch mal, und ich hole Seife.«

»Nein.« Irgendwie wusste ich, dass es schlimmer wäre, nicht schreien zu können. »Bitte. Ich bin brav.«

»Solltest du besser sein. Von nun an musst du dich für jeden Strafzettel vor mir verantworten.« Wieder und wieder sauste der Gürtel herab. »Und wenn du in Schwierigkeiten gerätst, bittest du um Hilfe. Keine Alleingänge mehr.«

Ich bat ihn nicht, aufzuhören. Die Schmerzen fegten wie ein reinigendes Feuer durch mich. Ich weinte über Jahre aufgestaute Tränen – seit mich ein Anruf über den Zustand meiner Mutter im zweiten Studienjahr vom College nach Hause zurückgeholt hatte. Es war nicht fair.

»Was ist nicht fair?«, fragte Cole, und mir wurde klar, dass ich den Gedanken laut ausgesprochen hatte.

»Mein Leben! Alles!«

»Rede mit mir, Regina.« Er ließ den Gürtel aufs Bett fallen und massierte meinen Hintern.

»Ich war schon entkommen! Beinah hätte ich dieses Höllenloch hinter mir gelassen. Ich habe meine Jugend hier überlebt. War das nicht genug?«

»So ist's gut. Lass es raus.«

»Ich hasse es hier! Ich hasse mein Leben! Ich will nur weg.«

Er setzte sich und zog mich in seine Arme. »Als du zurückgekommen bist, um deine Mutter zu pflegen, hast du nicht um Hilfe gebeten. Warum nicht?«

»Weil ich nicht gedacht hätte, dass irgendjemand ...«

»Dein früherer Boss hat dir deinen Job zurückgegeben, ohne auch nur darüber nachzudenken.«

»Mehr als das wollte ich nicht verlangen. Weil ich es nicht verdient hätte.«

Er zog mich enger an sich. Seine Hand legte sich in meinen Nacken und hielt mich an ihn gedrückt.

»Du verdienst es sehr wohl.«

Als er sich von mir löste, hätte ich beim Verlust des Gefühls seiner Arme um mich beinah aufgeschrien.

»Fast fertig. Zurück in Position.« Sein Ton klang unglaublich sanft.

Ich setzte mich in Bewegung und bettete den Kopf auf einen Arm. Den anderen streckte ich nach seiner Hand aus. Er ließ sie mich ergreifen.

Ich drückte seine Finger, als er mit dem Paddel gegen meinen Hintern klopfte.

»Das wird wehtun«, warnte er mich.

Der Hieb presste mir die Luft aus der Lunge. Dann jedoch hatte ich das Gefühl, zu fallen und sanft an einen anderen Ort zu entschweben. Ich entspannte mich, ließ los und Cole übernehmen.

Es folgten weitere beißende Schläge mit dem Paddel, aber die Schmerzen fühlten sich weit, weit entfernt an.

»Noch einmal.« Beim letzten Hieb schien Cole mit aller Kraft zugeschlagen zu haben. Ich schrie auf.

Es war vorbei.

Tränen liefen mir aus den Augen.

»Schhh, Regina. Für immer. Dir ist verziehen.« Cole wiegte mich in den Armen, bis der Sturm vorbeizog und mein lautes Schluchzen verebbte.

»Cole, ich ...« Mir lag *Ich dich liebe* auf der Zunge. Aber das meinte ich gar nicht. Was ich empfand, reichte tiefer als Liebe. *Ich liebe dich, habe dich immer geliebt, werde dich immer lieben*, kam der Sache schon näher. Doch aussprechen konnte ich es nicht, ohne zu wissen, ob er bereit war, es zu hören. Er hatte mich aufgefordert, ihm zu gehorchen, und das hatte ich getan. Von Liebe hatte er nichts gesagt. »Danke.«

Er hob mich hoch und platzierte mich auf dem Bett. Kaum hatte er sich hinter mich gelegt, schlang sich sein Arm um mich und zog mich fest an seinen Körper.

Still verharrte ich, erfüllt vom Gefühl, zu schweben. Irgendwann jedoch landete ich. Gedanken überschlugen sich im Takt mit dem Pochen in meinem Hintern.

»Cole? Was machen wir gerade? Weißt du das eigentlich?«

Er schien zu verstehen, wonach ich fragte. »Ich erhebe Anspruch auf dich.«

»Anspruch auf mich? So wie bei Tarzan und Jane? Ist das nicht altmodisch?«

»Dann bin ich wohl altmodisch.«

»Kannst du laut sagen.«

»Regina.« Seine Stimme und seine Berührung waren zugleich fest und beruhigend. »Hör auf, dagegen anzukämpfen.«

»Ich muss kämpfen«, flüsterte ich. »Wenn ich nicht kämpfe ... knicke ich völlig ein.«

»So ist's gut, Süße. Genau das will ich.« Er zog mich näher, schlang die Arme fester um mich. Seine Lippen fanden mein Ohr. »Gib dich mir hin.«

»Du verstehst das nicht. Ich habe Angst, dass ich dann nicht mehr aufhören kann. Cole ...« Ich stieß mich von seiner Brust ab und sah ihm in die Augen. »Du bist immer meine Schwachstelle gewesen.«

Erregung flammte in seinem Blick auf. »Dann lass los und gib uns beiden, was wir wollen.«

»Ich hab Angst.«

»Süße. Du kannst mir vertrauen. Das weißt du.«

Ich nickte und ließ mich wieder von ihm umarmen. Noch nie hatte sich für mich etwas so gut angefühlt wie Coles Arme um mich, seine feste Brust unter meiner Wange.

»Ich kümmere mich um dich«, sagte er. »Du kannst dich darauf verlassen.«

»Ich weiß. Mir ist nur nicht klar, warum du das willst.«

»Weil du mir gehörst.« Seine Hände wanderten über meinen Rücken auf und ab, setzten dabei jeden Nerv in Flammen. »Du hast immer mir gehört.«

9

Coles Telefon klingelte und brach den Bann zwischen uns.

Er stöhnte. »Da muss ich rangehen.«

Kaum hatte er das Zimmer verlassen, rollte ich mich aus dem Bett und ging zum Spiegel. Mein Hintern schillerte so rot wie erwartet, wies aber keine blauen Flecke auf ... vorerst. Alles in allem nicht so schlimm, wie ich dachte.

Du hast immer mir gehört.

Coles Worte hallten in meinem Kopf wider. Bedeuteten sie das, was ich vermutete? Oder hatte er nur das Offensichtliche ausgesprochen? Natürlich gehörte ich ihm. Aber gehörte er auch mir?

Die Antwort auf diese Frage würde mich entweder zerbrechen oder mir auf ewig das Leben versüßen. So oder so, ich bekam es mit der Angst zu tun.

Elend kroch ich zurück ins Bett. Ich war so verliebt in ihn, dass ich kaum atmen konnte. Die Empfindung überwältigte mich. Die gesamte Woche hatte ich alles auf seiner dämlichen Liste erledigt. Ich hatte die Toilette dieses Mannes geschrubbt, um Himmels willen, und ich hatte mich selig dabei gefühlt. Wenn das keine Liebe war, dann weiß ich auch nicht.

Erwiderte er sie? War es nur so dahergeredet, dass er »Anspruch auf mich erhob«? Verkörperte ich bloß ein Spiel für ihn? Er bekam alles auf dem Silbertablett serviert. Schlimmer noch, er betrachtete es nicht als selbstverständlich. Cole arbeitete hart. Er war der anständigste, aufrechteste Bürger von ganz Licking Hole, vielleicht sogar im gesamten Staat.

Und ich gehörte ins Gefängnis.

Coles Stimme hallte durch den Flur, und ich ließ mich auf meiner Seite des Betts nieder.

Es würde nicht funktionieren. Der Sheriff und die Unangepasste. Der Goldjunge und die Frau aus den falschen Kreisen.

Schließlich beendete Cole das Telefonat und kehrte ins Schlafzimmer zurück. »Regina?«

Ich erwiderte nichts. Mit geschlossenen Augen lag ich auf der Seite und stellte mich schlafend.

Nach einer Weile legte er sich hin und schlief neben mir ein. Schließlich stieß ich die Luft mit einem leisen Wimmern ob der Schmerzen in meiner Brust aus. Neben einem Mann zu liegen und zu wissen, dass er mich niemals lieben könnte ... Im Vergleich dazu waren die Qualen der Bestrafung nichts gewesen.

AN DEM MORGEN, an dem er mich zur gemeinnützigen Arbeit fuhr, verhielt ich mich still. Kein Protestieren mehr. Ich musste die Zeit bei Cole zu Ende bringen und schleunigst verschwinden. Er würde meiner überdrüssig werden und mich gehen lassen. Dafür musste ich nur die brave kleine Regina mimen und widerspruchslos gehorchen.

Mein Schweigegelübde hielt gerade so lange an, bis Cole vor ein hübsches Backsteingebäude rollte. Auf einem Schild daran stand: »Maple Grove Senior Assisted Living«. Das Altenpflegeheim.

»Nein«, sagte ich. »Hier soll ich meine gemeinnützige Arbeit ableisten? Auf keinen Fall.«

»Du hast es versprochen.«

»Das kann ich nicht.«

»Versuch es einfach. Für mich. Tu nur, was ich dir sage. Denk an nichts anderes.«

In Gedanken verwünschte ich ihn.

Eine gut gekleidete Frau mit kurzem, lockigem Haar erwartete mich am Bordstein.

»Ich bin Betty«, stellte sie sich vor und schüttelte mir die Hand. Sie schien ungefähr so alt wie meine Mutter zu sein. Und obwohl sich ihr Händedruck nüchtern anfühlte, hatte sie ein breites Lächeln im Gesicht. »Ich bin die Aktivitätsleiterin hier in Maple Grove.«

Aktivitätsleiterin?

Sie winkte Cole zum Abschied, bevor sie sich wieder mir zuwandte und den Kopf schieflegte. »Sheriff Townsend sagt, du bist gerade arbeitslos und willst dich gemeinnützig betätigen, bis du einen neuen Job findest, richtig?«

Ich zuckte mit den Schultern. »So ungefähr.«

»Wir gehen es langsam an. Du hilfst mir im Obstgarten.«

»Im Obstgarten?«

»So nennen wir den Trakt mit unseren Demenzpatienten. Hier lang.«

Ich nahm mir kurz Zeit, um Cole in Gedanken zu ermorden, bevor ich ihr folgte.

Schließlich wurde eine Tür vor mir geöffnet. Aber statt des von mir erwarteten Grauens erblickte ich einen hübschen eingerichteten Raum mit cremefarbenen Tapeten. Er enthielt sogar einige Topfpflanzen. Bewohner in

Rollstühlen saßen vor einem Fernseher, einige jedoch auch an Tischen, wo sie bastelten.

Alles wirkte sauber und ordentlich. Und wenngleich nicht alle Bewohner lächelten, schienen sie in dem Heim ein gutes Leben zu haben. Vielleicht sogar besser als Ma im Wohnwagen.

Ein endgültiges Urteil wollte ich mir bis nach dem Rundgang mit Betty vorbehalten. Sie zeigte mir alles, von der Küche bis zu den Zimmern der Bewohner. Unter ihre Zuständigkeit fiel der Sozialbereich, und sie nahm es bierernst damit, für Unterhaltung zu sorgen.

»Donnerstags kommt Jenny White von Licking Hole Fitness her und leitet einen Aerobic-Kurs. Na ja, eigentlich spielt sie eher Musik ab und animiert die Leute, sich dazu bestmöglich zu bewegen. Aber es scheint gut für die Moral zu sein. Und jeden Freitag haben wir eine Party.«

»Was ist mit heute?«

»Ich habe gehofft, dafür hättest du ein paar Ideen«, erwiderte Betty. »Was hältst du davon, mal rumzugehen und die Bewohner ein bisschen kennenzulernen?«

Bis zum Mittagessen – das um 11:00 Uhr serviert wurde – mischte ich mich unters Volk.

»Du bist so hübsch. Bist du verheiratet?«, fragte mich eine weißhaarige Lady.

»Äh, nein.«

»Aber du bist so hübsch!«

Ich bemerkte, dass Betty mich zu sich winkte und aufgeregt auf eine Kiste mit irgendetwas zeigte. »Äh, danke. Ich denke, ich muss jetzt los ...«

»Natürlich. Geh und koch das Abendessen für deinen Mann.«

»Oh nein, ich bin nicht verheiratet.«

»Aber du bist so hübsch!«

Und so ging es weiter.

Mein großer Durchbruch folgte, als mich eine der Damen, eine gewisse Mrs. Jameson, zu einer Partie Canasta herausforderte. Ich organisierte eine Sechsergruppe, nur kannte ich die Regeln nicht, und sie konnte sich nicht daran erinnern. Am Ende erfanden wir einfach welche.

»Herz!«, rief ein älterer Mann, und wir alle legten stöhnend unsere Karten ab.

Betty kam vorbei und nickte anerkennend. Auf meinen Vorschlag hin hatte sie eine andere Gruppe Ü-8oer um einen Tisch versammelt und ließ sie wie Kindergartenkinder Bilder ausmalen.

Gegen Ende des Tags hatte ich eine ganze Liste von Ideen für sie, darunter ein Casinoabend und eine Fortführung von Senioren-Aerobic. Mehrere Männer äußerten den Wunsch, die Fitnesslady Jenny White möge wiederkommen. Sie wirkte Wunder für ihre Moral. Oder zumindest ihr in eng anliegendem Elastan steckender Knackarsch.

Ich bekam gar nicht mit, wie die Stunden verflogen, bis Mrs. Jameson aufgeregt in die Hände klatschte. Cole stand am Eingang, leger in Jeans und T-Shirt gekleidet. Mein Herz setzte einen Schlag aus.

»Was für ein hübscher Mann! Ist das Ihrer?«

»Nein, Ma'am. Aber er ist meine Mitfahrgelegenheit.«

Sie nickte wissend. »Dann geh jetzt besser nach Hause und koch ihm das Abendessen. Den willst du dir nicht durch die Lappen gehen lassen.«

»Guten Tag gehabt?«, erkundigte sich Cole, als ich zu ihm rannte. Ich nickte und errötete, als einer der Bewohner rief: »Küss ihn!« Dazu stieß er einen schrillen, anfeuernden Pfiff aus. Ich packte Cole an der Hand und zog ihn nach draußen, bevor er auf dumme Gedanken kommen konnte. Ein Besuch des Sheriffs wäre eine weitere Idee für Bettys Unterhaltungsplan. Cole wäre bei den Bewohnern sicher der Hit schlechthin. Und wenn alles andere fehlschlüge, könnte ich immer noch vor aller Augen mit ihm rummachen.

»Worüber lächelst du?«

»Nichts weiter.« Rasch achtete ich auf eine neutrale Miene.

»Sieht so aus, als hättest du einen guten Tag gehabt.«

»War ganz in Ordnung.« Unterwegs grübelte ich still vor mich hin, und Cole ließ mich. Als wir zu Hause eintrafen, schlüpfe ich unaufgefordert in mein Kostüm und bereitete das Abendmahl zu.

Nach dem Essen legte er die Gabel beiseite und ergriff meine Hand.

»Was geht dir durch den Kopf, Regina? Sieht dir nicht ähnlich, so still zu sein.«

»Maple Grove ... Wie viel kostet ein Platz dort?«

»Ziemlich viel.«

Ich erschlaffte auf dem Sitz. »Typisch.«

»Erzähl das bloß niemandem, aber ich hab gehört, dass Angehörige von Mitarbeitern mitunter beträchtliche Tarif-vergünstigungen bekommen.«

Ich warf ihm einen scharfen Blick zu. Das klang zu schön, um wahr zu sein. »Es gibt keine freien Stellen. Hat Betty mir gesagt.«

»Richtig, aber Betty möchte in Rente gehen.«

Ich erstarrte. Das klang *entschieden* zu schön, um wahr zu sein.

»Glaubst du, wenn ich dort ein paar Monate lang ehren-amtlich arbeite, wäre ich eine aussichtsreiche Kandidatin für den Job?«

»Ich denke, du wärst die *sichere* Kandidatin dafür.«

Langsam schloss ich die Augen. Ich wollte das für meine Mutter so sehr, dass ich kaum atmen konnte.

»Das wird nicht funktionieren. Ich brauche sofort Geld.«

»Mein Bauchgefühl sagt mir, dass Betty eher früher als

später jemanden in Teilzeit einstellen könnte. Und was den Rest angeht … Wie es der Zufall will, brauche ich in den nächsten Monaten ein Hausmädchen. Ist ein recht gut bezahlter Job.«

Ich lächelte. »Tatsächlich? Ich hab gehört, er lohnt sich allein wegen … anderer Vorzüge.«

»Nennen wir Orgasmen jetzt so?«

»Wenn du willst.« Mein Lächeln verschwand. »Ich kann von dir nicht verlangen, dass du mich bezahlst.«

»Tust du ja nicht. Ich biete es an. Hinzu kommt, dass ich deine Rechnungen direkt begleiche und dir befehle, es anzunehmen.« Damit stand er auf und räumte sowohl sein Geschirr als auch meines ab. Ich starrte auf die Holzmaserung der Tischplatte und überlegte, ob die Dinge wirklich besser werden könnten – und ob ich mir Hoffnung gestatten sollte.

»Wenn deine Mutter dorthin zieht, könntest du den Wohnwagen verkaufen. Und dauerhaft bei mir einziehen. Vielleicht sogar ans College zurückkehren und den Abschluss machen. Die haben dort ein Pendlerprogramm. Habe ich überprüft.«

Ich schloss die Lider. »Cole, ich kann nicht.«

»Natürlich kannst du. Ich bezahle dafür.«

Jäh öffnete ich die Augen. Der attraktive Mann mir gegenüber entbot mir ein beinah schüchtern wirkendes Lächeln. Und mir wurde klar, dass ich in den vergangenen Tagen einen Traum gelebt hatte.

Es war an der Zeit, aufzuwachen.

»Warum?«, fragte ich. Ich verlieh meiner Stimme einen harten Klang.

»Warum?« Er runzelte die Stirn. Mir fielen seine geröteten Wangen auf.

»Du hast mich gehört, Cole.« Ich beugte mich vor. »Warum willst du das tun? Wieso hast du mich in jener

Nacht nicht einfach verhaftet? Jeder oder jede andere hätte Schwierigkeiten gekriegt.«

»Haben wir das nicht schon durchgekaut?«

»Nein. Du hast darauf nie wirklich geantwortet. Du hast Dinge gesagt wie: *Ich erhebe Anspruch auf dich.* Oder: *Du gehörst mir.* Und ich habe mitgespielt. Aber ich weiß nicht, was das alles bedeutet.«

»Ist das nicht offensichtlich?« Mittlerweile schillerte sein Hals so rot wie das Gesicht.

»Nein.« Plötzlich kämpfte ich mit Tränen. Wenn es ihm nicht wichtig genug war, um auszusprechen, was er für mich empfand, lief es bloß auf Erpressung hinaus. Und ich wäre nichts anderes als eine Hure.

»Weil ich dich mag, Regina.«

Zorn durchströmte mich. »Du *magst* mich?« Barsch schwenkte ich die Hand in Richtung der Küche. »Ich trage ein lächerliches Kostüm. Sogar mit diesen Folterinstrumenten ...« Ich fasste nach unten, zog die Schuhe aus und warf sie ihm an den Kopf.

Cole hob die Arme und stieß sich mit dem Stuhl vom Tisch ab. Er setzte dazu an, aufzustehen, doch ich kam ihm zuvor und sprang so schnell auf, dass mein Stuhl beinah umgekippt wäre.

»Und alles, was du sagen kannst, ist, dass du mich *magst?*« Ich kreischte so laut, dass es vermutlich die Nachbarn hören konnten.

»Regina, hör zu.« Seine Wangen loderten so rot, als hätte ich ihn geohrfeigt. Ich wusste nicht, ob er wütend oder verlegen war. »Weißt du, ich kann mit Worten nicht so gut umgehen wie du ...«

»Versuch's, Cole.«

Er holte tief Luft und ...

Nichts.

Ich stieß meinen Stuhl zurück und stapfte ins Wohnzimmer.

»Ich muss los.«

Cole folgte mir. »Was soll das werden?«

»Was ich von Anfang an hätte tun sollen, statt Geld zu unterschlagen. Mir einen reichen Kerl suchen und ihm den Schwanz lutschen, bis er alle meine Rechnungen bezahlt. Jemanden, der nicht du ist. Ich hätte von vornherein den Körper einsetzen sollen. Stattdessen hab ich versucht, das Hirn zu benutzen. Wie dämlich von mir. Danke, dass du mich aufgeklärt hast.«

Ich griff mir das Handteil seines Festnetzapparats – als Sheriff musste er einen haben. Er nahm mir das Telefon aus der Hand und schleuderte es an die Wand, wo es zerbrach.

»Wofür hältst du das hier eigentlich?« Er näherte sich mir. »Etwa für ein Spiel? Denkst du, ich sage dir, dass ich Anspruch auf dich erhebe, lehne mich dann zurück und sehe zu, wie du zu einem anderen Kerl davongehst?«

Ich wich zurück. »Cole, ich ...«

»Antworte mir«, brüllte er.

»Du machst mir Angst.«

Er packte mich am Kinn. Obwohl er immer noch stinksauer aussah, fühlte sich seine Berührung zärtlich an. »Gut. Vielleicht verstehst du es dann.«

»Was verstehen?« Ich schob seine Hand weg. »Du verlangst all diese Dinge von mir und kannst mir trotzdem nicht mal sagen, was ich für dich bin? Geliebte? Freundin? Ein geiler Arsch? Sag mir einfach, wo ich stehe!«

Coles Brust hob und senkte sich so heftig, als wäre er gerade einen Kilometer gerannt. »Ich kann nicht.«

»Warum nicht? Reicht es denn nicht, dass ich dir gehorche? Dass ich mit dir zusammen sein will? Ich weiß, dass du auf jemand Besonderen wartest – und das wäre halt gern ich!«

»Kapierst du es nicht? Du *bist* es.«

»Was?« Ich sank auf die Couch, als wären mir Beine weggerissen worden.

»Schon immer.«

»Warum hast du dann ...«

»Ich musste mir sicher sein.« Er rieb sich mit der Hand über den Kopf. »Ich wollte, dass du dir sicher bist. Es geht mir nicht nur um Sex mit dir, Regina. Ich will alles.«

Verständnislos schüttelte ich den Kopf.

»Ich will das.« Er deutete mit der Hand auf mein Outfit. »Es gefällt mir, dir den Hintern zu versohlen. Dich zu kontrollieren. Dich zu dominieren. Ich bin nicht normal, Regina. Das bin ich nie gewesen. Ich sehe dich an, sehe diese schöne Frau, und ich will dich beherrschen. Nicht häuslich werden und dich wie eine Königin behandeln. Ich meine, schon, aber hier und im Schlafzimmer will ich dir den Hintern wund hauen und möchte, dass du es mir auf den Knien besorgst. Und mehr. Es gefällt mir, dich als Sklavin zu halten. Ich brauche das.«

Aufmerksam musterte ich seine angespannte Miene. »Das ist alles?«

»Ich musste wissen, ob du damit umgehen kannst.«

»Lass mich das klarstellen.« Ich stand auf, war jedoch so viel kleiner als er. Deshalb kletterte ich auf die Couch, um auf Augenhöhe mit ihm zu gelangen. Wahrscheinlich verstieß es gegen die Regeln, auf Möbeln zu stehen, doch Cole verlor kein Wort darüber. »Du hast mich also die ganze Zeit gewollt. Aber du wolltest dir sicher sein, dass ich mir sicher bin.«

»Ja.«

»Dann war das alles ein Test?«

»Ich habe diese Triebe«, sagte er. »Du musst verstehen, was ich bin.«

»Und was bist du, Cole?«

Er presste die Lippen zusammen.

»Du bist kein Freak«, versicherte ich ihm. »Einfach nur dominant. Du magst Kontrolle. Soll ich dir was sagen, Cole?« Ich deutete auf mein Outfit. »Damit habe ich kein Problem.«

»Ich habe diese Dunkelheit in mir ...«

Ich legte die Hand auf seine Wange. »Mir gefällt deine Dunkelheit.«

Er lehnte sich an meine Handfläche und schloss flatternd die Augen. Seine langen Wimpern lagen an der feinen, makellosen Haut an. Seine Schönheit kam mir geradezu unwirklich vor. Mich erstaunte, dass ich sie berühren konnte.

Ich senkte ihm den Kopf zu. »Lass mich deine Traumfrau sein«, flüsterte ich ihm zu. »Ich tue, was immer du willst. Lass mich deine Fantasie sein.«

Bitte, bitte, lass es zu, flehte ich in Gedanken. Ich hielt den Atem wie zu einem Gebet an, als Cole die Hand hob und in meinen Nacken legte. Seine Berührung blieb sanft, obwohl er leicht die Finger anspannte und meine Stirn gegen seine drückte.

»Mir ist der Gedanke unerträglich, dass dich jemand anders anfassen könnte«, sagte er. »Ich weiß, dass ich verrückt bin, aber ... verrückt nach dir. Wenn ich dich nehme, lasse ich dich nie mehr gehen.« Er schlug die Augen auf. Seine Ehrlichkeit traf mich wie ein Schlag. »Wenn du einverstanden damit bist, bei mir zu bleiben, und dann wütend wirst und abhauen willst, werde ich dich aufspüren. Wenn jemand versucht, dich mir wegzunehmen, werde ich ihm wehtun. Macht dir das Angst?«

»Nein.« Ich legte meinerseits die Hand um seinen Nacken, holte tief Luft und sagte ihm die Wahrheit. »Cole, ich habe von Anfang an zu dir gehört. Schon immer.«

Da küsste er mich, und plötzlich spürte ich seine

Anspruch auf mich erhebenden Finger überall. Schließlich schoben sich seine Hände unter meinen Hintern, hoben mich von der Couch und stellten mich auf die Beine. Ich bekam wilde Küsse und erwiderte sie, so gut ich konnte.

Ungestüm zerrte er an meinem Oberteil, und ich hörte es nachgeben. Als ich mich herauskämpfte, weitete sich der Riss aus. Wir küssten uns, als wären wir am Sterben und die Berührung unserer Lippen das Heilmittel.

Kurz löste ich mich von ihm. »Hau mir auf den Hintern.«

»Regina«, stieß er stöhnend hervor.

»Mach schon, verdammt«, forderte ich ihn auf. Gleich darauf zuckte ich zusammen, als seine Handfläche auf meinen Allerwertesten klatschte. Schmerz vibrierte durch mich hindurch und erweckte meinen Körper zum Leben. »Fester.«

Er setzte sich auf und zog mich über seinen Schoß. Seine linke Hand klemmte sich um meinem Nacken und drückte mich nach unten, als er härter zuschlug.

»So?« Er schob zwei Finger in meine triefende Pussy und fickte mich damit grob. Wäre ich nicht so feucht gewesen, hätte es wehgetan.

»Ja.« Ich stöhnte.

Er zog die Finger heraus und versetzte mir einen wilden Hieb. »Du wirst mein unartiges Mädchen sein.«

»Immer. Du sorgst besser dafür, dass ich nicht allzu viel Scheiße baue.«

»Ausdrucksweise.« Er klatschte mir auf den Oberschenkel. »Achte lieber darauf. Sonst bekommst du Schlimmeres als meine Hand zu spüren.«

Ich richtete mich von seinen Knien auf und wehrte mich, so gut es ging. »Beweis es.«

Er drückte mich auf den Boden. Ich endete ausgestreckt zu seinen Füßen, die Wange auf dem Teppich, den Hintern in der Luft. Dann hörte ich das Klatschen von Leder, bevor er mich mit seinem Gürtel schlug. Ich schrie auf, und er hielt inne.

Mit auf den Teppich gestützten Händen strecke ich den Hintern höher und verlangte: »Mehr.«

Der Gürtel sauste herab. Schmerzen durchzuckten mich. Wieder und wieder.

Ich bebte vor Verlangen.

»Du ... wirst ... es ... noch ... lernen.« Cole betonte jedes Wort mit einem weiteren Schlag.

Ich zitterte auf dem Boden und konnte nichts erwidern. Die Erregung in mir steigerte sich, bis ich nur daran denken konnte, wie Cole mich nahm, Anspruch auf mich erhob. Jeder Hieb des Gürtels fühlte sich wie ein Kuss an – hart und dominant. Ich konnte den Schmerz ertragen. Von ihm konnte ich alles ertragen.

Als er den Gürtel wegwarf und sich neben mich kniete, schienen die Schmerzen kilometerweit entfernt zu sein.

»Alles in Ordnung?« Er strich mir die Strähnen aus dem Gesicht.

Ich nickte, so gut ich es mit gesenktem Kopf und dem Hintern in der Luft konnte.

Er krallte die Hand in mein Haar und zog mich hoch. »Du vertraust mir.«

Das Brennen an der Kopfhaut trieb mir Tränen in die Augen, und ich blinzelte sie weg. »Immer.«

Als er mich losließ, sackte ich zurück auf die Hände und Knie.

»Ins Schlafzimmer, Süße. Kriechend.«

Und ich kroch. Als wir im Schlafzimmer ankamen, traute ich mich nicht, anzuhalten, weil ich fürchtete, sonst eine Pfütze auf dem Boden zu hinterlassen.

»Du machst das so gut«, lobte Cole mich, als er mich an den Haaren hochzog und in Position führte. Meine vordere

Hälfte landete auf dem Bett, mein Hintern ragte ihm entgegen, das perfekte Ziel.

Ich stählte mich für den Hieb.

Allerdings kam keiner.

Stattdessen schrammten stoppelige Wangen über meinen empfindsamen Allerwertesten und entlockten mir einen Aufschrei. Als Coles Zunge meine Spalte erkundete, schrie ich aus einem völlig anderen Grund erneut auf.

Ich bewegte mich vorwärts, wollte auf das Bett krabbeln, aber Cole hielt meine Oberschenkel mit eisernem Griff fest und zog mich zurück zu seinem Mund. Er war hinter mir auf die Knie gegangen und leckte mich leidenschaftlich. Ich gab die Gegenwehr auf und keuchte auf die Tagesdecke.

Durch das Kribbeln meines Hinterns und den heißen Mund an meinem Venushügel war ich weit über gewöhnliche Ekstase hinaus. Die nachklingenden Schmerzen verstärkten die Empfindungen jedes lustvollen Leckens zehnfach.

Ich schrie meinen Orgasmus in die Laken. Cole drehte mich auf den Rücken, fixierte meine Handgelenke über dem Kopf und ragte über mir auf.

Ich spürte ihn an meinem Eingang. Meine Augen wurden groß.

»Bist du sicher?«

»Regina, es bist immer schon du gewesen.«

Damit ließ er eines meiner Handgelenke los, führte sich in mich ein und stieß eine wüste Verwünschung aus.

»Cole Townsend, hast du gerade geflucht?«

»Ja.« Er hielt still. Schweiß perlte auf seiner Stirn. »Fuck, Regina ...«

»Mach schon.« Ich hob die Hüften an, um ihn zu ermutigen.

Er reagierte darauf, begann mit zunehmend schnelleren

Stößen. Dabei drückte er wieder meine Handgelenke in die Matratze. Sein Körper bedeckte den meinen.

»Gefällt es dir?«, flüsterte ich und fühlte mich plötzlich schüchtern.

Er drehte den Kopf und küsste mich. »Am liebsten würde ich in dir leben.«

Ich schlang die Arme um ihn. »Kannst du. Wer zuerst kommt, darf oben sein.« Meine Lippen suchten die empfindliche Stelle am Übergang zwischen Schulter und Hals. Dann küsste ich sie, biss zu und spannte gleichzeitig die unteren Muskeln an.

Da konnte er nicht länger und zuckte über mir. Ich wartete, bis er sich beruhigte, ehe ich die Finger in die Nässe zwischen uns schob. Mit wenigen Bewegungen flammte mein eigener Orgasmus auf und verebbte wieder.

Cole sackte schwer atmend auf mich. »Regina, was war das denn?«

»Ich hab geschummelt.« Kess zwinkerte ich ihm zu.

»Unanständiges Mädchen.«

»Immer.« Ich wand mich unter ihm. »Du solltest mich dafür büßen lassen.«

»Oh, das werde ich«, versprach er. Damit richtete er sich über mir auf, und ich erhaschte einen Blick auf seine stein-harte Erektion. »Cole«, entfuhr es mir mit großen Augen. »Schon wieder?«

»Ich habe so lange darauf gewartet.« Er legte sich auf den Rücken, schnippte mit den Fingern und zeigte auf seine emporragende Härte. »Aufsatteln. Das wird eine lange Nacht.«

10

»Was ich nicht verstehe, ist, warum du es nicht schon längst bei mir versucht hast.« Die vergangenen Stunden hatten wir daran gearbeitet, unsere Lust auszuleben. Nach der letzten Runde hatte ich ein kleines Nickerchen gemacht und war in Coles Armen aufgewacht.

»Zunächst mal warst du bei unserer ersten Begegnung gerade mal sechs, und ich war zwölf.«

Ich setzte mich auf und briet ihm ein Kissen über. »Schon klar. Als wir älter waren, meine ich doch.«

»Als wir älter waren ... bin ich achtzehn geworden, und du warst immer noch zu jung.«

»Aber ich hab älter ausgesehen.«

»Ja, das hast du. Und die Unruhestifterin hat dir aus dem Gesicht gesprochen. Ist nach wie vor so.« Er beugte sich für einen schnellen Kuss zu mir. »Und als ich achtzehn geworden bin?«

»Da bist du ans College weggegangen. Ich wollte genauso sehr wie du, dass du raus aus dieser Stadt kommst.«

»Wirklich?«

»Ich wusste ja, dass es dir hier nicht gefällt. Deshalb

habe ich gehofft ... Ich habe gehofft, du würdest wegbleiben.«

Ich berührte ihn am Arm, fuhr die straffen Muskeln nach. »Warum?«

»Weil ich mir in deiner Nähe nicht vertrauen konnte. Weil ich dachte, dass du Besseres verdienst als mich. Und so sehr ich dich wollte, noch mehr wollte ich, dass du ein schönes Leben hast. Ich dachte mir, woanders würdest du bessere Chancen dafür vorfinden.«

»Und als ich vorzeitig zurückgekommen bin? Als ich zwanzig war?«

»Da hatte ich gerade meinen Wahlkampf für das Amt des Sheriffs begonnen. Ich habe mich voll reingeklemmt, obwohl ich nicht damit gerechnet habe, gleich im ersten Anlauf zu gewinnen. Daneben ist einfach keine Zeit geblieben.« Mit einer Hand an meiner Hüfte zog er mich zu sich. »Ich hätte dir auflauern und dich mit Handschellen ans Bett fesseln sollen, sobald du achtzehn geworden bist.«

»Besser spät als nie.« Ich schmiegte mich an ihn und spürte, wie uns die Bande unserer Vergangenheit und unserer Zukunft umschlagen.

»Und was jetzt?«, fragte ich. Meine Wange drückte auf Coles Brust. »Bin ich weiterhin dein unartiges Dienstmädchen?«

»Nur an Wochentagen. An meinen freien Tagen lasse ich dich vielleicht einfach ans Bett gekettet.«

»Oh, eine echte Liebessklavin.«

»Ich mein's ernst. Ich lasse dich nicht mehr gehen.«

Bei den Worten setzte ich mich auf, legte ihm einen Finger auf die Lippen und spürte, wie sie sich zu einem Lächeln verzogen. »Ich weiß.«

Wir machten noch eine Weile rum, bevor Cole aufstand, um sich zu waschen. Als er zurückkam, geilte mich sein

Anblick – nackter Oberkörper, Boxershorts um die schmalen Hüften – prompt wieder auf.

Ich hopste aus dem Bett. »Lass uns feiern.«

»Wie?«

»Mit postkoitaler Eiscreme.«

»Ich esse nichts Ungesundes.«

Ich verdrehte die Augen. »Natürlich nicht.«

Zehn Minuten später rollten wir vor den Tante-Emma-Laden von Licking Hole. Ich fühlte mich ein wenig nervös, als Cole auf meine Seite kam und die Tür des Pick-ups für mich öffnete. Immerhin wurde ich zum ersten Mal in der Öffentlichkeit mit dem Sheriff gesehen, der in unserer Gegend als kleine Berühmtheit galt. Und es war kurz vor elf Uhr abends an einem Donnerstag. Der Laden an der Ecke war ein beliebter Treffpunkt. Wir würden mit Sicherheit jemandem über den Weg laufen, den wir kannten.

Cole ergriff meine Hand, und meine Bedenken verflogen – bis wir den Gang mit den Gefrierschränken betraten. Die stirnrunzelnden Züge einer dünnen Blondine hellten sich auf, als sie Cole erblickte.

»Sheriff?«

Lucy Litt, von Kindheit an meine Erzfeindin. Sogar in einer Yogahose sah sie schlank und süß aus. Oder vor allem in einer Yogahose.

»Miss Litt«, sagte Cole, ganz der Gentleman alter Schule. »Guten Abend.«

»Ich habe Sie seit dem Polizeiball nicht mehr gesehen«, meinte sie in schwärmerischem Ton. Ihr Blick wanderte Coles stattliche Gestalt entlang auf und ab. Um die Mitte verharrte er. »Sie sind wohl zu beschäftigt, um mit einer alten Freundin zu plaudern.« Bei ihrer Schmollmiene wurde mir speiübel.

»Ganz und gar nicht, Miss Litt. Erinnern Sie sich an

Regina? Ich glaube, ihr habt zusammen die Schule besucht.«

Lucys Lächeln wurde gekünstelt. »Regina? Was für eine nette Überraschung«, sagte sie und meinte das Gegenteil.

»Ja, wie nett.« Auch ich setzte ein falsches Lächeln auf.

»Was macht ihr beide hier?«

»Nur Eiscreme holen«, antwortete ich, öffnete einen Gefrierschrank und griff mir eine Packung. »Wir bleiben nicht lange.«

»Tatsächlich hätte ich eine Frage zu den Verbrechen in der Stadt«, sagte Lucy. »Ich habe gehört, dass es sich hauptsächlich auf den Wohnwagenpark konzentriert – Regina, du weißt schon, welchen ich meine.«

Ich knirschte mit den Zähnen, als Lucy ein strahlendes Lächeln auf Cole richtete.

»Hätten Sie wohl eine Minute Zeit, Sheriff Townsend?«

»Natürlich. Geh du schon mal zahlen, Regina.« Cole gab mir Geld, und ich spürte, wie meine Wangen loderten. »Geht klar.« Ich schnappte mir den Geldschein und stapfte zur Kasse los.

Die beiden unterhielten sich immer noch, nachdem ich bezahlt hatte, die blonden Köpfe dicht beisammen. Cole betonte irgendetwas mit einer anmutigen Geste. Lucy nickte, aber als Cole wegschaute, schleuderte sie mir einen vor Abscheu strotzenden Blick zu.

Ich folgte Cole zur Tür hinaus, doch Lucys Gesichtsausdruck hatte sich mir eingebrannt. Mit wenigen Worten hatte sie mich zurück in die Grundschule versetzt, wo ich die schäbige, hässliche Ausgestoßene gewesen war. Das Mädchen aus der falschen Gegend, wovon alle gewusst hatten. Und sowohl die Kinder als auch die Lehrer hatten es mich spüren lassen.

Das erinnerte mich daran, warum ich so verzweifelt weggewollt hatte. In Licking Hole konnte man nicht ändern, wer man war. Die Leute entschieden, wer man war, und das blieb man dann ein Leben lang.

Als Cole an einer Ampel auf der Hauptstraße anhielt, sank ich auf dem Sitz tiefer. Ich wollte nicht mehr, dass man uns zusammen sah.

Ein Gedanke kam mir. Ich war die besondere Frau. Die, auf die Cole gewartet hatte. Trotzdem konnte ich ihn nicht haben. Die Leute würden reden – und es würde ihm schaden, *schwer* schaden. Er hatte so hart an seinem Image gearbeitet. Und von seinem Image hing seine Karriere ab. Indem er mit mir zusammen war, setzte er seine Laufbahn aufs Spiel.

Als wir zu Hause eintrafen, hatte ich meine Entscheidung getroffen. Die Gemeinde brauchte ihn dringender als ich.

»Du bist sehr still«, stellte er fest, als er die Tür für mich aufhielt. »Du musst wohl echt hungrig sein.«

Ich durchquerte die Küche geradewegs in den Flur zum Schlafzimmer.

»Regina?« Er folgte mir und runzelte die Stirn, als ich anfing, meine Sachen zu packen. »Was hast du vor?«

»Ich kann das nicht, Cole«, sagte ich und schluckte den Kloß in meinem Hals hinunter. »Du musst mich zurück zum Wohnwagen bringen.«

Seine Hände fingen meine ab. »Sieh mich an.«

»Nein.« Ich zog den Kopf ein.

»Sieh mich an«, wiederholte er schärfer und ergriff mein Kinn. »Das ist ein Befehl. Du hast versprochen, mir zu gehorchen.«

»Ich kann nicht!« Mit einem Ruck riss ich mich von ihm los. »Das wird nicht funktionieren.«

»Warum nicht?«

»Weil ich merke, wie die Leute mich ansehen – und dich. Meinetwegen werden sie schlechter von dir denken.

Und wenn je ans Licht kommt, was du gemacht hast, welchen Deal du mir angeboten hast ...«

»Das geht niemanden etwas an.«

»Spielt keine Rolle. Es ergibt keinen Sinn, dass du mit mir zusammen bist.«

»Ich habe einen Eid abgelegt.«

»Ja, an die Gemeinde. Und die erwartet ...«

»Nein. Davor. Ich habe mir geschworen, dass ich mich um dich kümmern würde.«

»Was?«

»Du warst damals zwölf Jahre alt. Ich wusste, was ich wollte.

Wen ich wollte.« Er fuhr sich mit der Hand über das kurz gestutzte Haar. »Ich kann sehr engagiert sein. Das hast du selbst gesagt. Als ich achtzehn war, habe ich mir vorgenommen, auf dich zu warten. Verstehst du denn nicht, Regina? Du bist die Einzige für mich.«

»Das geht nicht, Cole. Die Leute werden dich nicht respektieren. Ich bin wie ein Fleck auf deiner glänzenden Rüstung. Hast du nicht Lucy Litts Blick bemerkt, als ihr klar geworden ist, dass ich zu dir gehöre?«

»Mir ist egal, was Leute wie sie denken.«

»Sollte es aber nicht sein. Diese Leute sind deine Wähler.«

»Hör mir zu. Du denkst nicht klar. Hast du noch nie.«

»Ich bin nicht betrunken ...«

»Über dich selbst, meine ich. Du siehst dich nicht so, wie ich dich sehe. Oder andere. Du bist etwas Besonderes. Du bist süß, leidenschaftlich und witzig. Und du lehnst dich weit aus dem Fenster, um anderen zu helfen. Du bist ein guter Mensch.«

»Sag das mal Mr. Roberts.«

»Muss ich nicht. Er hat es mir gesagt. Der Mann hat gewusst, dass du in Schwierigkeiten gesteckt hast und von niemandem Hilfe annehmen wolltest. Er hat sich an mich gewandt, weil er geahnt hat, dass ich dich als Einziger dazu bringen könnte. Ihm liegt etwas an dir.«

Ich schüttelte den Kopf. »Aber ich bin kein guter Mensch.«

»Du hast das College abgebrochen, um deine Mutter zu pflegen. Du hast einen Tag im Altenheim verbracht, und die Bewohner haben dich auf Anhieb ins Herz geschlossen.«

»Die zählen nicht. Wenn ich sie das nächste Mal sehe, werden sie nicht mehr wissen, wer ich bin.«

»Dann wirst du sie eben noch mal verzaubern.« Er schlang die Arme um mich.

»Ich kann das nicht. Ich kann nicht den Rest meines Lebens in dieser Stadt gegen meinen Ruf ankämpfen.«

»Dann tu es nicht. Vergiss, was die Leute denken. Außer, was ich denke. Hör auf mich, wenn ich dir sage, wie besonders du bist.« Er ließ den Kopf sinken, lehnte die Stirn an meine. »Ich werde den Rest meines Lebens damit verbringen, dich davon zu überzeugen.«

»Du verdienst jemand Besseren.«

»Ich habe auf dich gewartet. Jahrelang habe ich darauf gewartet, mit dir zusammen zu sein. Es gibt für mich keine andere.«

Gott, er brach mir das Herz. Aber ohne mich wäre er besser bedient. Er war ein guter Sheriff. Ich konnte nicht zulassen, dass er sein Leben für mich wegwarf.

»Es tut mir leid, Cole.« Ich trat von ihm weg, hob meine Tasche auf und hielt sie wie einen Schild zwischen uns. »Das hat Spaß gemacht, aber es konnte nicht von Dauer sein. Wenn du jemanden wie Lucy Litt heiratest, dann sag der Frau, dass du dir mit mir bloß die Hörner abgestoßen hast.«

»Regina.« Beinah hätte mich seine Stimme innehalten lassen. Beinah.

Ich schaffte es halb durch den Gang. Dann fasste Cole um mich herum, ergriff meine Tasche und wand sie mir mühelos aus den Händen. Er warf sie beiseite, bevor er sich nach mir streckte.

»Cole, was zum ...«

Er bückte sich, setzte die Schulter an meiner Mitte an und warf mich über sie, als wöge ich gar nichts. Dann machte er auf dem Absatz kehrt, trug mich zurück ins Schlafzimmer und trat die Tür zu. Er ließ mich auf die Matratze plumpsen und ergriff meine Hand.

»Was zum Henker soll das we... nein!«

Ich setzte mich zur Wehr, als ich das Klirren von Handschellen aus Metall hörte. Der verfluchte Cole fesselte mich damit ans Bett. Er lehnte sich zurück und grinste mich an. Ich konnte ihn nur finster anstarren.

»Du kannst mich nicht ewig hierbehalten.«

»Doch, kann ich.« Der Schimmer in seinen Augen verriet mir, dass er es nicht nur tun, sondern auch jede Sekunde davon genießen würde.

Unwillkürlich wurde ich feucht.

»Verdammt noch mal, Cole!« Vergeblich kämpfte ich gegen die Handschellen an.

»Vorsicht. Tu dir nicht weh.«

»Sobald ich mich befreit habe, landen diese Dinger im Müll.«

Cole kauerte sich rittlings auf mich und knöpfte meine Jeans auf. »Ich bin Cop. Also kann ich mir hundert weitere besorgen.«

»Verdammt!« Ich wand mich hin und her, doch sein Gewicht drückte mich nieder. »Ich werd dein Haus abfackeln.«

»Vielleicht solltest du lieber die Zunge zügeln, wenn du willst, dass ich dich je wieder freilasse.«

Ich verstummte. Er hatte recht. »Cole, bitte lass mich gehen.«

Er rutschte auf dem Bett zurück und schälte mich aus der Jeans. Dabei hob er mein Fußgelenk an und küsste es. Seine Stoppeln kitzelten mich. »Nein.«

»Gottverdammt noch mal!« Wieder trat ich aus, und er drückte meine Beine nieder, legte sich hin, setzte den Mund an meinen Slip und ...

»Ooooh.«

Er bearbeitete mich mit der Zunge, erkundete mich durch den seidigen Stoff. Die Handschellen ratterten aus einem völlig anderen Grund als zuvor am Kopfteil.

Nach wenigen Minuten versteifte ich mich. »Cole, ich ...«

»Komm für mich, Süße.«

Mein Rücken wölbte sich durch, mein gesamter Körper spannte sich an, und ich schrie meinen Orgasmus der Decke entgegen.

»Das war mal einer«, sagte er und küsste meinen Bauch. »Noch ein paar, und ich wette, du bleibst.«

»Vielleicht.« Ich starrte an die Decke, bis der Raum aufhörte, sich um mich herum zu drehen. Warum noch mal hatte ich gehen wollen?

»Ich lasse dich nackt angekettet und führe dich einmal im Jahr aus, um dich beim Polizistenball vorzuzeigen. Aber erst, nachdem ich dich zur Unterwerfung gevögelt habe.«

Ein Bild von Lucy Litt trieb mir durch den Verstand. »Und alle werden sich fragen, warum du dich mit Abschaum abgibst, statt mit einer geeigneten Frau häuslich zu werden.«

Cole hob den Kopf. »Das würde niemand wagen.«

»Glaub mir, ich hab schon Schlimmeres gehört. Und nicht nur von Leuten wie Lucy Litt.«

»Interessiert dich wirklich, was Leute wie sie denken?«

»Na ja, schon. Dich nicht?«

»Nein. Und überhaupt bist du schlauer als sie und der Großteil der Stadt zusammen.«

»Das ist nicht schwer. Bei solchen Tussis steckt das Hirn in der Yogahose.«

Cole prustete. »Ist mir gar nicht aufgefallen.«

Ich verdrehte die Augen.

»Du willst also wegen dem gehen, was die Leute denken könnten. Interessiert dich, was ich denke?«

»Nein«, antwortete ich, weil ich eine Falle witterte.

»Regina ...«

»Na schön. Ja, Cole, mich interessiert, was du denkst.«

»Gut.« Er setzte sich auf und ließ sich zwischen meinen Beinen nieder. »Weil ich's dir nämlich gleich sagen werde.«

Ich schloss die Augen.

»Regina, sieh mich an.«

»Nein.«

Ich presste die Lider zu.

»Regina.«

Ich öffnete die Augen. *Bitte sei sanft*, vermittelte ich mit meinem Blick.

»Du warst schon immer ... Wie soll ich es sagen?« Kurz verstummte er. »Du warst schon immer ...«

Ich hielt den Atem an.

»Spitze. Du warst ein hübsches kleines Mädchen, bist aber so schnell erwachsen und wunderschön geworden.« Sein Ton klang geradezu ehrfürchtig. »Du bist mir früher überall aufgefallen. Und ich habe mich bemüht, dich nicht anzuglotzen – weil mir bewusst war, wie verkorkst das gewesen wäre. Also habe ich meinen Eid abgelegt und gewartet. Und währenddessen habe ich gehofft, du würdest gehen, würdest die Stadt verlassen. Weil es für dich hier nichts gegeben hat. Außer mir.«

»Mehr brauche ich nicht. Aber Cole, ich verdiene dich nicht.«

»Bitte. Ich bin derjenige, der dich nicht verdient.«

»Sag mir, wie das funktionieren soll.«

Er zuckte mit den Schultern. »Ich werde es nie besonders weit bringen.«

»Du bist der Sheriff! Und du hast die Wahl gewonnen, als du gerade mal achtundzwanzig warst!«

»Nur weil mein Gegner und Vorgänger in der Nacht davor an einem Herzinfarkt gestorben ist. Und dennoch habe ich nur zweiundsechzig Prozent bekommen.«

Ich verdrehte die Augen. »Trotzdem, Cole. Es ist deine Bestimmung, Sheriff zu sein und dafür zu sorgen, dass sich alle an die Regeln halten.«

»Ja. Und wie viel weiter kann ich es in meiner Karriere bringen? Ich bin achtundzwanzig und habe den Höhepunkt schon erreicht.«

»Bitte.« Ich schnaubte. »Du könntest Bürgermeister werden.«

»Bürgermeister von Licking Hole. Leckloch.«

Kurz starrten wir uns gegenseitig an, bevor wir in schallendes Gelächter ausbrachen.

»Ich merke es immer, wenn sich ein Witz in deinem Kopf zusammenbraut.« Seine Schultern zitterten, während er lachte.

»Oh mein Gott, Cole.« Meine Bauchmuskeln schmerzten vor lauter Gelächter so sehr, dass mir beinah die Tränen kamen. »Wir müssen umziehen.«

»Vielleicht irgendwann«, erwiderte er. »Wenn du das wirklich willst.«

Ich hörte zu lachen auf. »Echt jetzt? Du würdest hier wegziehen – für mich?«

Er nickte. »Wenn du zu dem Schluss kommst, dass du das unbedingt willst.« Seine eleganten Hände legten sich auf meine Wangen.

»Bleib bei mir«, sagte er. »Versteck meine Handschellen,

brenn mein Haus nieder. Treib mich in den Wahnsinn. Nur verlass mich nicht.«

Plötzlich spielten die Lucy Litts der Welt keine so große Rolle mehr. Was könnte diesem wunderschönen Mann zwischen meinen Beinen schon das Wasser reichen?

»Ich weiß nicht recht«, sagte ich. Er schaute so gekränkt drein, dass ich beschloss, ihn nicht länger zappeln zu lassen. »Wirst du mich jeden Abend fesseln und misshandeln?«

»Jeden Abend.« Er küsste mich.

»Na schön. Dann mache ich es.« Ich lächelte an seinen Lippen. »Und Cole?«

»Ja?«

»Du kannst mein Loch lecken. Jederzeit.«

Er stöhnte. »Das reicht.« Er rollte sich aus dem Bett. »Ich hole den Knebel.«

»Du stehst drauf!«, rief ich ihm nach. Lächelnd lehnte ich mich ans Kopfteil zurück, um meinen Armen ein bisschen Bewegungsfreiheit zu verschaffen. Ich konnte es mir ruhig mit Handschellen ans Bett des Sheriffs von Licking Hole gemütlich machen, denn es gab keinen Ort, an dem ich lieber gewesen wäre.

KOSTENLOSES BUCH

Holen Sie sich Ihr kostenloses Exemplar von Die Schöne und die Holzfäller: https://geni.us/lumberjackfreebieGER

Nach dieser Holzfällerzeit werde ich nie wieder Sex haben. Weil: *Gründe.*

Aber zuerst habe ich einen Job, bei dem ich Unterkunft und Verpflegung und zehntausend Dollar verdiene, indem ich acht Holzfäller "unterhalte".

Acht kräftige und stämmige Paul-Bunyan-Typen, groß genug, um mich in zwei Teile zu zerlegen.

Da ist Lincoln, der Anführer, der strenge, stille Typ...

Jagger, der Kurt Cobain ähnlich sieht, mit einer Seele voller Musik und Rockstar-Moves...

Elon & Oren, rothaarige Zwillinge, die alles teilen...

Saint, das stille Genie mit einem Monster in der Hose...

Roy und Tommy, die nur zuschauen wollen...

Und Mason, der mich hasst und nicht sagen will, warum, aber in seiner Nacht versucht, mich mit Vergnügen zu brechen...

Sie besitzen mich: Körper, Geist und Orgasmen.

Aber als sie mein Geheimnis entdecken - den Grund, warum ich mich vor der Welt verstecke - ändert sich alles.

Klicken Sie hier, um Die Schöne und die Holzfäller kostenlos zu lesen.
https://geni.us/lumberjackfreebieGER

EBENFALLS VON LEE SAVINO

Zeitgenössische Liebesromane

Der Soldat, der mich verführt
Ihre Daddys – zwei Rivalen
Die Schöne und die Holzfäller
Eingeschneit mit dem Holzfäller
Reginas Rettung

Mafia-Bräute
Rache Ist Süß
Mein ist die Vergeltung

Königliche Herzensbrecher
Königlich Verdorben
Royally – falscher Verlobter

Eine dunkle Liebesgeschichte mit Stasia Black
Unschuld
Das Erwachen
Königin der Unterwelt

Die Liebe des Biestes mit Stasia Black
Die Gefangene des Biestes
Die Rache des Biestes
Die Liebe des Biestes

Übersinnliche Liebesromane

Die Berserker-Saga
Verkauft an die Berserker
Gepaart mit den Berserkern
Entführt von den Berserkern
Übergeben an die Berserker

Gefordert von den Berserkern
Gerettet vom Berserker
Gefangen von den Berserkern
Verschleppt von den Berserkern
Gebunden an die Berserker
Berserker-Nachwuchs
Die Nacht der Berserker
Eigentum der Berserker
Gezähmt von den Berserkern
Beherrscht von den Berserkern
Den Berserkern ergeben

Berserker-Krieger-Romanze
Aegir
Siebold (mit Ines Johnson)

Bad-Boy-Alphas-Serie mit Renee Rose
Alphas Versuchung
Alphas Gefahr
Alphas Preis
Alphas Herausforderung
Alphas Besessenheit
Alphas Verlangen
Alphas Krieg
Alphas Aufgabe
Alphas Fluch
Alphas Geheimnis
Alphas Beute
Alphas Sonne
Alphas Mond
Alphas Schwur
Alphas Rache
Alphas Feuer
Alphas Rettung
Alphas Befehl

Mitternacht Doms mit Renee Rose
Alphas Blut
Seine gefangene Sterbliche
Die Jungfrau und der Vampir

The-Werewolves-of-Wall-Street-Serie mit Renee Rose

Der große böse Boss: Mitternacht
Der große böse Boss: Mondverrckt
Der große böse Boss: Markiert

Romantische Science Fiction

Planet der Könige mit Tabitha Black
Brutale Verbindung
Brutaler Anspruch
Brutale Jagd
Brutales Biest
Brutaler Dämon

Die Meister der Tsenturion mit Golden Angel
Gefangene von Außerirdischen
Außerirdischer Tribut
Außerirdische Entführung

Drachen im Exil mit Lili Zander
Eine Sci-Fi Dreierbeziehung Romanze
Draekon Gefährtin
Draekon Feuer
Draekon Herz
Draekon Entführung
Draekon Schicksal
Tochter der Dragons
Draekon Fieber
Draekon Rebellin
Draekon Festtag

Die Rebellion mit Lili Zander
Draekon Krieger
Draekon Eroberer
Draekon Pirat
Draekon Kriegsherr
Draekon Beschützer

Historische Cowboy Romanze

Braut Per Mail

Rocky Mountain: Erwachen (German Edition)
Rocky Mountain: Braut (German Edition)
Rocky Mountain: Rose (German Edition)
Rocky Mountain: Wildfang (German Edition)
Rocky Mountain: Schurke (German Edition)
Rocky Mountain: Daddy (German Edition)
Rocky Mountain: Ritt (German Edition)

Romantische Western

Wild Whip Ranch-Serie mit Tristan Rivers
Cowboy's Babygirl
Zähmung seines wilden Mädchens

ÜBER LEE SAVINO

Lee Savino ist eine USA Today-Bestsellerautorin von Smexy-Romanzen. Smexy, wie in "smart und sexy". Finden Sie sie in der Goddess Group auf Facebook und laden Sie ein kostenloses Buch unter www.leesavino.com herunter!

Sie finden sie unter:
www.leesavino.com